步行書
張惠菁

目次

新版序
步行與補綴

冬天我旅行到了紐約，也去了費城。旅途中有大量的步行。第一天我走進中央公園，去測試看看我能不能在當時的氣溫中跑步。之後搭地鐵到世貿中心，對我而言那裡不只是發生過九一一事件的世貿中心，也是珍妮佛·伊根的世貿中心——因為她的兩本小說《時間裡的痴人》與《糖果屋》，正是兩個關於紐約、跨千禧年前與後的文本。我在那黑色、方形、下陷的水幕邊上待了一會。這天的陽光非常好，即便有曾經發生過的一切，這裡寧靜得非常過分。

這本集子中的文章，寫於二十年前，二十一世紀剛開始不久的時候。重讀這些文章時，我能清晰地感受到，那是一個不同的時代，寫這些文章的也是一個不同的我。那時我在台北的國立故宮博物院工作了四年，之後在上海工作了三年。敏感的讀者，會在這些文章中看到一些當時的、和現在很不一樣的上海的面貌，那是一個城內城外階級邊界很明顯，閘北還不是靜安區的時代。也會看到台北故宮尚未大幅整修之前，那些光線節制的展廳，與當中陳列的書畫。在博物館工作時，我經常在沒有預期的情況下，走進展廳，極奢侈地遇到一件北宋的尺牘，可能是蘇軾或他的朋友所寫，也很自然地把許多宋代的詩詞文章當作閒時讀物。後來我在陳慧《小暴力》裡，遇到一個年輕的宋詞閱讀者安安。

這些文章中，有一個對當年的空氣、色溫、聲響，敏感地經歷著的我，以警醒的感官描寫著陽光的觸感、狼犬的吠聲。也有一個我，對這些經驗懷著懷疑與反叛之心，知道當下不是全部，我既是在理解著眼前的一個人、一本書、一個處境，包括眼前的我自己，又是懷著利刃，隨時想要割破那佈景，翻出背後的什麼。我在扁平的日常裡，內心藏著他方、他者，過去與未來而活。現實是可推翻的，至少也是可被補綴的。是的，補綴。只是為事物呈現另一重意義，或喚來遙遠的回聲或類比，有些意義便會被重組，邊界被重塑。

如今，二十年時間真實地過去了。時間在我和當時的我、在我和這些文章之間，拉出了距離。在這本書中出現的小寶，身高已經高出我二十公分了。〈以嬰兒之名〉中的嬰兒，已經會和我討論蘇珊．桑塔格。紐約世貿大樓倒塌，整個街區受到重創，而後又被重整成新的模樣。雀兒喜蓋起了高架公園，底下是許多挑高的藝廊。蘇珊．桑塔格住過的頂樓公寓還在，不知道換過了幾代住戶。我在這本書中提到的許多書，現在已經絕版。費城的河，曾經是工業時代重要的運煤水道，現在是費城人晨昏慢跑的路徑。作為時間與空間的旅人，所有步行都在遇見，也都同時在告別。

翻開這本書的你，是二十年前就讀過《步行書》的讀者，還是第一次遇見這本書？既然這些文章是寫在過去，那麼我或許可以說，它們是帶著二十年的時間來與你相遇（或重新相遇）。我自己喜歡的散文，是即使寫著具象的事，卻擁有抽象的、超越眼前具體事物的空間。散文是對現實的描寫，但即便所寫的是眼前的一棵樹、一塊石板、一樁事件，這個再現的過程與書寫的選擇，也是一個空間的創造，與世界觀的浮出。與現實有所對應，但不只是現實。彷彿能讀到具象現實內在的抽象。像姜峯楠的小說《妳一生的預言》中，與外星人對話過後的女主角，從此之後在語言中所看到的。像是經歷當下的同時，也已經在感知著它的回聲與補綴——在未來，或者在他方，因為使用語言的方式不會只是封印而更多是開放。我所喜歡的散文是這樣的散文；在我對此還沒能清晰論述的時候，我已經試圖想寫的，也是這樣的散文：是對現實的描寫無誤，但現實之中，同時有著世間萬物內在的空性，看見這些而寫。希望這本書中，有幾篇這樣的文章。

二〇二四年十二月十一日

序

這本書裡收錄的文章，大部分寫於〇五、〇六年，作為週刊的專欄。

當初把專欄取名為「步行書」，大概是因為它如同每週一次檢看自己步行的路徑，使我停下來想想生活裡的事，閱讀的書，電影或音樂。雖說專欄結束已是將近兩年前的事，我仍然記得當時每星期在書桌前坐下，將要動筆時的感覺：似乎是暫時從時間析離開來那樣地，與將寫的事情呈現一種直角立面的關係，事物的肌理，在眼前纖毫畢現。

有時我想，那些暫停般的瞬間，並不是真實存在的站立點，而是人工在時間裡鑿出的切面，只為那一時的凝視而存在。如果我沒有停下來細看，或是不曾寫下來，它們的遺忘與消失，不也是恰如其分的嗎？

因為習慣早起，我經常醒在陽光薄澈，市聲隱約的時刻。這樣的清晨我總有置身時間之外的錯覺，就像將要動筆寫作的瞬間。或許這也是時間的本質。它是延續不斷的，但也是可以被打斷的。它開放給時間的步行者，在其中鑿開一個又一個的站立點。

這本《步行書》，也是一本時間的孔隙之書。我曾經在時間多孔的立面某處，寫下過甚麼——從那暫時的位址望出去，事物臨近的瞬間。

二〇〇八年九月清晨

狼犬

郭伯父家的狼犬來喜，生了一窩七隻的小狗。星期六早上陽光暖和，伯父把牠們從狗屋拎出來，放到院子水泥地上曬太陽。小狼犬受了驚動，嗷嗷叫個不停。牠們還站不起來，半睜著眼睛，貼地爬行，挪動身軀彼此擠挨。有一隻弄錯了方向，離兄弟姐妹越來越遠，落單了，叫得格外大聲。誰幫牠轉了個方向，放回其他小狗群中，牠才安靜下來，前肢與鼻端拱嗅著，一再確定熟悉的溫度與氣味。

我們全都蹲在花圃邊，看牠們緊緊依偎，彷彿同胞被生到世上，內在還沒分離為獨立的個體。逐漸牠們適應了新的環境，不叫了，動作也緩下來，終於只剩睡眠中的呼吸起伏。

「那叫聲是什麼意思？是害怕嗎？對陽光感到陌生嗎？還是什麼？」稍晚我問師父。

「是不帶業感的。」

這一窩七隻的小狼犬，是遺腹子。牠們的父親來福，幾個月前憑空消失。從遺留在院子裡的藥包看來，是被人蓄意毒殺之後帶走了。伯父住在上海市外的郊區，那一帶均是獨棟有庭院的住宅，許多人家裡養著大型犬，也在一週內陸續失了狗。當時是農曆年底，年關將屆，也許有人迫於生活，想到用這種方法謀取狼狗的皮毛和肉。

在伯父居住的獨棟洋房區外圍，有些相對簡陋的房子，還有工業區廠房。一回晚上搭計程車，從上海市中心走外環道一路來到伯父家路口，下車時，司機望了眼我打算步行走進去的區域，開口提醒：「小心點，這裡都是外地人。」

我說：「我也是外地人啊。」

司機笑了：「妳是從台灣來的外地人。這裡的是中國的外地人。」

對上海人而言，從中國各省來的、社會底層的外地人，因是浮動的戶口，彷彿帶有未知的危險性。過年前同事警告我特別注意，「快過年了，外地人要籌路費回家，妳多小心錢包手機。」「年關」兩字，還是很有實在感的，好像那時節真是個「關」。平日在一個城市裡起居，但到了年底，就顯出目的地的歧途來了。上海人留在自家裡過年，從外地來，在社會底層打工的人，則要千里迢迢地返家。誰屬於這塊地面，誰終究有個家鄉要回，一下子區隔開來了。年關的時間點，牽連著人在空間中的巨大流動，有團圓喜慶就有侷促窘迫，就有富裕繁華背後的不安定。

早晨及傍晚，許多勞工模樣的人從伯父家門前的路上，騎著單車安靜地經過。面孔是經常在烈日下勞動，曬出來的暗紅色，有一種皮革感。也許他們就是計程車司機說的「外地人」？我不知道他們從哪裡來，也不覺得危險，其中會有人是帶走了來福和其他人狗的主謀嗎？他們沉默地騎著車，一輛接一輛地，去上工，或是收工後返家。

來福失蹤後不久，伯父發現來喜已經懷孕了。

來喜比來福年紀小些，也頑皮些。牠兩隻耳朵長得高度不同，以至於看起來總像是歪著頭的樣子。牠不像來福經過比較多年的馴養，已將人類主人的居家規則潛移默化記錄為本能了，還常常會犯規，咬客人的鞋子，招人責罵。每次我走進伯父家的院子，通常也是來喜先撲過來，跳上跳下，把爪子與舌頭往我身上招呼。來福會在一段距離外守望著，等真靠過來時，動作是溫和節制的。來喜則是分不清來人親疏遠近，一律熱情對待。

結果被帶走的反倒是來福，不是看似憨傻的來喜。

伯父的友人說著養狗經驗：「看到來喜扒地的時候，就是快生了。」

來喜站在門外，懷孕的腹部下垂貼在地面，還是歪著頭的表情。不像個母親，像個好奇的孩子。

後來伯父果然注意到來喜扒地，扒地後幾天便生產了。

我好奇這本能是如何轉譯成一種衝動，使來喜想去扒地的。牠很小就離開了母親，應該沒有見過其他狼狗的生產。最後生產也是在狗屋裡，並不真需要扒地做什麼準備。為什麼牠還是會去扒院子的地呢？

有時，我在周遭的談話中忽然感到陌生了。身邊有些人總是談著工作，或是感情，觀點常常是自我中心的，鋪墊在白領階級的預設價值上。並不是這些事不重要，而是我會想起另外的一些事，同等地重要，卻從沒被提起過。我感覺有一種比例的錯亂。太多時間、太多的重要性，被押注在一些狹小的、偏頗的、短暫的識見上。

但如果，我也自我中心地談起我認為更重要的事，比如一本最近讀的書，他們也會同樣感到迷惑吧？

於是我想起在另一些城市裡的，另一些朋友。她們代表了我的另一些比例。毓芝剛去了東南亞旅行，買了許多手織的布料。在北京的小慈，養著一隻鬈毛的，看起來像炸蝦天婦羅的狗（正想著時她就在MSN上喚我了，邀我趁沙塵暴季節前北上去郊遊野餐）。還有同樣在北京的小帆，我一直都想跟她去旅行，但始終沒有夠長的假期，最終只能聽她講青海湖，轉述她從西部的長途車司機那兒聽來的故事；聽她說十八歲第一年離家到了貴州；聽她說黃河邊上的窯洞，她在那兒遇見一條叫虎虎的黑背犬，沒事兒就游泳到黃河對岸，從山西游到了陝西，甩甩水，曬曬太陽，又游回來。

這是來到異鄉的意義之一，對嗎？我並不是第一次離開家鄉生活，但每個城市都是不同的。妳在那兒遇見新的朋友，開始新的工作，嵌入一個新的社會位置。環境會微妙地調整著妳的比例，有些事會被更頻繁地在妳耳邊被提起，例如女同事的婚姻與愛情；另一些在前一個城市日常必沾上的話題，例如棒球和政治，幾乎難得聽說了。

但我不願意就這樣穿上新環境的新比例。「我所認識的世界，不是只由這些事情構成的喔。」我還站在一段距離外看著它，和它討價還價。

每星期天上午，阿姨來幫我打掃家裡。上海人管打掃的幫傭叫「阿姨」。她是安徽人，人很開朗和善，但你仍能從面上看出她過著一種勞苦的生活，因她有很深的法令紋。她平常在公司大樓裡做清潔工作。週六週日固定到幾戶人家打掃，用她的話說是「搞搞衛生」，按小時計工資。

阿姨第一次來上工的那個星期天，我其實是微微帶有宿醉的。前一晚和幾個朋友們聚會，那星期我們都各自完成了一些工作上的提案，喝得快，並且混酒。離開時我的手指在酒館門上磕碰了一下，撞出了一道口子。我按住傷口，藏著不說，怕他們擔心。凱倫一路帶著我上了計程車，把我送回家門口。上樓進房，脫了靴子睡覺。第二天早上發現被單上有血，還納悶了一會，然後才想起手上的傷。

但還是記得要在九點阿姨來敲門前起床，洗了澡，整理精神，別讓阿姨第一天上工印象不好。

這也是被收在另一個比例裡的我。

下午上MSN，小安在線上。我故意告訴她前一晚宿醉的事。她沒見過我喝酒。

「身體會不好吧。」結果她只是這麼說。非常之小安。我永遠嚇不到她。

有時，我有一種想要袒露世界的衝動。在不斷談論著愛情的白領女孩們當中，打開一個癌症病房的敘述。在膜拜著文學的青年面前，打開那個在拉斯維加斯因販毒被捕的華人少年的故事。想要平衡比例，使我們眼下的談論，恢復到它在這更大的世界、更多的經驗前所僅有的，微小的比重。

這是一種反叛嗎？但逐漸地，我感到更接近的字眼是「補綴」。只是渴望對世界進行補綴。想說出一件事，一件完全在眼前話題、談話邏輯以外的事。不是去挑戰、替代他人的邏輯。人不會只有一個方面，世界不是只有一場戀愛，一個名牌手袋，但我也不需要去質疑她們的戀愛與手袋。只想補上一件我聽說過、看到過、或親歷過的經驗與記憶，在戀愛與手袋之外的。

於是不斷從記憶中翻出那些事兒來。

記憶便是你補綴世界的工具。

我在文具店得到一套寫字板贈品，怎麼看都是更適合小孩子。星期天就把它送給了打掃的阿姨：「阿姨，給妳的孩子學習用。」另外還拿了一些糖。

阿姨說她的孩子不在上海，在安徽老家。她到上海來做清潔工，供應家裡，長期地和孩子分開，過年才見面。但她高興地將寫字板與糖收下了。

後來阿姨除了打掃，也幫我縫襪子。我覺得自己像個小孩子，受她照顧。但阿姨堅持是我照顧她。我想阿姨就是有些人口中的外地人。我也是。

我在想來喜的小狗們，牠們如何認識一個新的世界。

那些不帶業感的，本能的，移動與叫喊。

牠們如何感受陽光照在身上的溫度，風，溼氣，花粉，和水泥地面的觸感。

那天在院子裡，看著在陽光下躺成一團黑毬球的小狼狗，郭伯父說：「讓牠們曬曬太陽，曬了太陽就會走了。」

真的嗎？這麼說讓我覺得小狼狗像植物似的，太陽曬了就開花了。或者那是我們人類一廂情願的想法？我們想這陽光這麼好，不可能是白費的。我們想它一定對小狼狗的生長起了催化的作用。

而後小狼狗們還會經驗牠們的第一道雷，第一道露水，第一道霜。什麼是牠們本能就認得的？什麼是牠們漸漸學習記得的？

二月初二那一天，山東來的小青說這天「龍抬頭」，得吃黃豆。中午我們上公司附近的貴州館子，點了兩道菜名有「豆」字的菜，但上桌一看都不是黃豆，是黃豆的遠親或近鄰。

二十八星宿中的東宮七宿，排列形似一條龍。冬春之交，龍逐漸從東方地平線上升起，回到北半球的天空。這就是所謂的「龍抬頭」，發生在每年二月初二的夜裡，首先是龍角部位的角宿開始突出在地平線上，至次日凌晨，整條龍身完整進入了天空。

在各地不同的傳說和習俗當中，有一則接近於希臘神話，普羅米修斯以神的身分幫助人類的傳說。據說人犯了過錯，天帝下令三年內不准對人間降雨，司雨的龍王不忍心看人間乾旱，偷放了雨。天帝發怒，將龍王壓在一座山下，立下但書，除非金豆開花，才放龍王自由。到了二月初二，人類拿出前一年受了龍王雨澤才能收成的玉米種籽，忽然想出了救龍王的法子：將玉米炒成爆米花，就是金豆開花。人類用玉米花獻供，龍王獲得釋放，從天邊緩緩升起。

那或許是人類以其帶悲喜業感的眼光，為星宿雨水做的一則解讀，想在天地間找到一些善意，一些理性，或是某種定向的交換法則。

但卻是小狼犬們不帶業感的叫聲，不需向天地討要說法的本能，補綴了這個故事所未能完整說明的世界。

二〇〇七年

與老鼠住在同一屋簷下

二〇〇五年的冬天，有隻小老鼠在我家住了一段時間。

一開始只是些細微的線索。一天早上我走進廚房，發現木瓜上面有幾道小小的牙印。我對著那個牙印看了很久，想要理清是否有任何的自然現象會造成水果表面凹下去，比如說溫度變化、熱脹冷縮啦，或是水果太熟了等等。總之逃避著不想面對可能的事實。

同樣的牙印在第二天出現在蘋果上，第三天在麵包上。這麼一來已經無法否認了——這個屋簷下，有另一隻動物在入夜後來到我的廚房，尋找沒被收好的食物，那……應該就是老鼠吧。

說起來還算是一隻蠻節制的老鼠，每次只啃掉水果的一點表面，還不到我一口的量呢，雖然如此也只好把被咬過的水果丟掉了。

於是每晚睡覺前，我和室友會把水果都收起來。倒不是可惜那一點食物，而是希望沒有東西吃，老鼠會自動地離去。沒想到這卻使老鼠的覓食技巧更加精進了。接下來的幾天，牠學會咬破裝米的塑膠袋底部，讓米漏出來；還把蘇打餅乾的包裝紙也咬破（餅乾製造商一層又一層的過度包裝根本沒用），可能牠也學會了吃巧克力——有一大架上的盒裝巧克力掉落，我用可疑的眼光檢查每一片巧克力，到底是不小心掉的還是被老鼠推下的呢？

這樣，簡直變成人跟鼠之間的偵探遊戲，睡前我們把老鼠可能會吃的東西收進櫃子裡。然後半夜換老鼠上場，牠總能在我們自認收拾得很好的廚房裡，找到漏網的糧食。現在牠明白了，食物不一定都是像水果那麼平鋪直敘、簡單易懂，而可能是躲藏在塑膠或是紙張的另一面，必須有方法打開、摔開、扯開牠與食物之間的障礙——得到這個知識後，牠就算是進化成高階的家鼠了。我記得以前看過一本科普書，提到倫敦的麻雀因應城市生活型態，學會啄破住家門前牛奶瓶的錫箔封口，喝裡頭的牛奶。我們家的老鼠從吃水果，到會開塑膠袋，要不了幾天的時間，真是神奇的演化之路啊。

我的室友首先開始受不了家有老鼠。她聽人家說可以用一種捕鼠板，會把老鼠黏在上面。

「這太恐怖了吧。」我說。「也就是說老鼠會發現牠腳下多了一塊滑雪板，而且還脫不下來，這樣太不人道了啦。」

我比較能接受的方式是用捕鼠籠。我的想像是像卡通影片教我們相信的那樣，用一片大孔起司誘抓一隻米老鼠，然後再把捕鼠籠提到大安森林公園去，希望老鼠在青草地上安居樂業不要再來打擾我們。當然這個老鼠生活在草地上的畫面也仍然是我一廂情願的想像。大安森林公園每天都有很多人去那裡溜狗，對老鼠而言，可能就像是把牠丟進羅馬競技場裡去餵獅子一樣。我聽說有人突發奇想去公園溜寵物兔子，結果兔子一去不復返。在公園裡眾多家狗的眼中，那可能就是一塊奔跑的火腿吧。人類的公園，小動物的屠宰場。

於是捕鼠計畫因現實與卡通的差距而被拖延了下來。有一天我們發現小老鼠又學會了新的技能。

我的室友問我：「你前陣子買了栗子嗎？」

「有啊。」有一天我忽然想學食譜上的栗子雞湯，特別去買了栗子的。買到的栗子看起來營養不良，但還是湊和著用了。後來裝栗子的塑膠袋也被老鼠咬破，剩下的我就丟了。

室友告訴我，她在房間的角落發現了栗子。

也就是說，我們家的老鼠會存糧呢！我忽然有一種與有榮焉的感覺。如果家裡養的狗會表演算術或是翻筋斗，主人以狗為貴露出驕傲的表情，大概就是這個樣子。

「該不會是隻松鼠吧？」裕棻說。「錯把妳們家當樹洞了。」

這個推測我也沒有辦法證實。因為雖然住在同一屋簷下，我們卻是從來沒照過面。自從察覺家裡有老鼠後，晚上要進廚房前我都會故意發出很大的聲響，希望老鼠躲起來不要讓我看見。老鼠大概也是抱著同樣相見不如不見的心情，在這屋子裡活動吧。

這樣過了幾天，當我幾乎習慣了老鼠的存在時，牠又消失了。有一天我的室友把麵包忘在桌上沒有收起來，竟然沒有被咬。接下來第二天也是一樣。漸漸地，我們的水果、餅乾都回到了原位，也都不再有牙印出現在上頭。於是我們確信老鼠已經離開了。

究竟是什麼時候走的呢？什麼時候牠對我們這個廚房感到厭煩，出發流浪去尋找更豐美的遊牧地？還是我們破獲了牠的栗子糧倉，讓牠太傷心了呢？總之，小老鼠從廚房消失了。

又過了好幾個月，室友說她發現我們放在後陽台的垃圾袋被咬了一個洞。是同一隻老鼠回來了嗎？我個人認為後陽台算是戶外，如果晚上真有老鼠經過，發現垃圾而停下來覓食，也就算了由牠去吧。不進到室內、也沒有在我們看電視時忽然衝出來橫越客廳，已經很謝謝牠了吧。實在不能貪心到把身邊的空間，都當成殖民地管控哪。

畢竟我們人類自己發明了房屋所有權的觀念，把室內空間劃為自己的，也沒有跟老鼠商量啊。於是我們雖然碎碎唸著把咬破的垃圾袋收拾了，卻沒有採取任何行動。就這樣又度過一個，有老鼠路經同一屋簷的日子。

二〇〇五年

螞蟻

今年以來我工作的書桌經常出現螞蟻。

在我翻看文件，打電腦，或是削鉛筆的同時，牠們就在我眼前的桌面上，落單或者列隊，摸索著通過。經常是以之字型的路徑，來來回回地，似乎還在搜尋掉落的食物殘渣。看來是完全無視於我的存在，把我的書桌當成了牠們的曠野。

不過這卻是個擁擠的曠野。因為牠們的路徑與我的工作空間重疊，往往我就在為人類社會的生產行為效勞時，犯下屠殺無辜螞蟻的罪行。其實我不過就是翻了書頁，或是移動了滑鼠嘛。一低頭就發現，桌上又多了好幾隻被壓成標本狀的扁平螞蟻屍體。

後來趕到的螞蟻，會湊到這些已經變成標本狀的同伴身邊，用觸角琢磨上半天。我簡直懷疑牠們是不是在上演那種人類武俠片流行的橋段，俠客之一抱住渾身是血的同伴：「說，是誰殺了你，我替你報仇！」俠客之二用最後的力氣說：「是……是……」然後呢，永遠都是在他能完整地說出仇人姓名之前，就大吐一口鮮血氣絕身亡了。

按照這種老套橋段的話，我大概已經是螞蟻界流傳已久的邪惡仇家。在螞蟻臨死前用觸鬚或是分泌化學物質向同伴傳達的危險訊息中，我的名字占了其中幾個氣味分子。一切都是因為我坐在書桌前，努力工作的緣故啊……。為了讓我良心好過點，我決定設想另一種螞蟻界的送終橋段：「你看牠死了嗎？」「我看是死了。」「沒救了嗎？」「沒救了。」「那就搬回去吃掉吧。」

對於這些我每天都要看見，卻不知道牠們從哪裡來的小昆蟲，我實在是無計可施。牠們有可能出現在任何時候，任何角落。一些細小的黑點，在書桌上移動，改變原本靜態的空間，成為一點狀流布的動態宇宙。迫使你意識到世界的構成並非穩固不變，變化正在你眼前生機勃勃地發生著。你並不完全擁有眼前的空間，你與無數看得見看不見的物種分攤著所有權。

於是這張尋常的、位在窗邊的書桌，就變成至少兩種生物生存空間的重疊面。書桌是我工作的中心，但它又同時是螞蟻宇宙的邊疆。牠們從蟻窩派出先遣部隊前來這裡探索。我的勞心工程與牠們的勞力工程同時發生。在我準備寫就的文字，在我費心組構的邏輯背後，牠們細小的身影不斷出現。

像一些揮之不去的念頭。一些逃開了心緒追蹤的潛行意識。你一低頭，牠就在那兒了。蜿蜿蜒蜒，躲躲閃閃地移動著。

《螞．螞蟻》（*Journey to the Ants*）的兩位作者，威爾森（Edward O. Wilson）和霍德伯勒（Bert Holldobler），都有過與螞蟻相遇的、靈光乍現的啟蒙性經驗。霍德伯勒是七歲的時候，和父親在德國巴伐利亞森林散步時，看見父親翻開石塊，背後正好有一個蟻巢。螞蟻感覺到自己突如其來地暴露在天光之下，極其迅速地湧向巢中的幼蟲和蛹。像是已經演練過無數次，螞蟻們抓住牠們的幼蟲與蛹遁入地底通道中。整個過程在極短的時間內完成，一次戰略完美的撤退。七歲的男孩霍德伯勒，彷彿是遭遇一天奇蹟般的經驗，意識到在人類的腳邊，存在著如此隱祕的地下社會。

威爾森的經驗很近似。不過是在美洲大陸的東海岸。當他剝開腐朽樹木的樹皮時，遭遇了一窩香茅蟻，散發著牠們腺體分泌出來的、用以警告敵人的檸檬氣味。同樣是倏忽隱沒到黑暗的地底。

是什麼使得這些螞蟻能夠如此迅速地作出反應？沒有手機簡訊同步聯繫，沒有信號彈，甚至沒有語言。所有的螞蟻卻彷彿在瞬間知道自己應該做的事，防禦的、搬運的、斷後的。根據研究，螞蟻與許多昆蟲，都有化學分子的溝通方程式。螞蟻在偵測到食物，或是危險時，所分泌的化學物質，直接影響了其他同伴的行為。從某種意義上說，整個螞蟻群落合起來是一個身體，身體的各個部位散發著各種外分泌的氣息。有的氣味驅使工蟻努力工作。有的氣味抑制幼蟲發育成兵蟻，以免過多的兵蟻超出群落生產力的負荷。有的氣味刺激幼蟲變成了蟻后，為飛行與交配的季節準備好，即將離巢建立自己的母系王國。

一種氣味，一個反應。比起來，人類的語言就沒那麼迅速有效了。除了極少數的例子之外，人類的語言並不會讓人一聽見就分泌腎上腺素、或是立即發情。但我老是懷疑，其實人類還是屈從於某種無形的語言的，只是我們自己不知道罷了。（就像螞蟻不知道自己聞到丁基辛酮的味道就會發動攻擊，牠們只是接到訊號就開始大口咬噬的動作。）比如說，我們其實在某種程度上，也一直接收著社會集體無聲的訊號吧。一些暗示，一些壓抑。吸引著你，或是阻礙著你，終究使你走上一條，早已設定好的路線上去。

但也因為人類的語言並不是最有效的，不是一種化學式的直接反應，所以我們反而得以在語言與世界的間隙當中，那個空落的時空裡，獲得背離、與走出另一條路的空間。

在夜間的爵士樂酒館，看見妳被語言包裹得密不透風的脆弱時，我想起這些。我在想如果我可以有　種氣味。如果我可以不進入語言那重重障礙的迷宮，什麼都不說地，只是散發那種氣味……。穿透語言與姿勢的冑甲，向妳坦白另一個，不需要武裝的世界。

二〇〇五年

屋頂與企鵝

為了處理房屋漏水的問題，我透過朋友找到一位室內設計師幫忙。星期天早上，設計師帶著專治漏水的師傅來按我家電鈴了。

房屋漏水的問題已經困擾我一段時日。幾乎每個人聽說了我的困擾，都只同情地說：「漏水？那很麻煩，抓漏很難喔！」搖搖頭，說不出個處理的辦法。因為漏水的位置，就在水塔的下方，一開始以為是水塔漏水。把水塔內壁做了防漏，鋪了磁磚，卻還是漏，並且主要是在下雨天漏，這才覺得或許錯怪了水塔。

但又沒辦法直接問房子：請問你是哪裡漏水呢？老公寓頑固地三緘其口，

要你不得不在它的毛病前低頭。承認它經過這麼多年的使用，日曝雨淋，已經產生了自己的痼疾，藏在磁磚底下，水泥牆裡，你看不到的地方，像一植根太深的積習，拒絕被碰觸到痛點。

這樣無計可施拖了好久。前陣子大雨，覺得這麼下去實在不是辦法。終於有個朋友介紹了他從事室內設計的學生過來看看。設計師是位黝黑的年輕人，看起來很樸實可靠的樣子，腰帶上扣著鐵捲尺、水平儀等，帶著師傅來到了我家探勘災情。

設計師與師傅先進屋內，看過漏水的部位，再到頂樓。晴朗的星期天上午，陽光烈到讓人想在屋頂上裝太陽能發電板。師傅走近水塔的部位，仔細審視，敲了敲水泥牆的表面，用台語說：「已經『澎拱』了。」

設計師轉過臉來向我解釋：「就是說這邊的水泥已經剝離了，會滲水進去。」

即時的翻譯，真是太感謝了。師傅是很友善的，但我在他有關房子的辭彙之前是個文盲，不敢多說話。於是設計師扮演了翻譯的角色，把師傅說話翻譯成常識。

那時我深深感到，懂得一間房子的語言的人，真是值得佩服啊。師傅判定雖然水塔底部並沒有漏水，但是塔壁外部、以及旁邊龜裂剝離的水泥牆，卻可能讓雨水滲進去，再從樓下的天花板透出來。也就是說，漏水雖然是在水塔正下方的位置，卻不是由水塔內儲存的水所導致的，而是從塔壁及周邊已經剝離的水泥牆滲水進去，這就是為什麼只有下雨天才會漏的緣故。這解釋實在很合邏輯。聽了之後立刻就覺得「原來是這樣啊」，這麼簡單的道理我竟然都沒想到。而且當他敲著水泥牆表面，看著那些剝落的塊狀物，真是會驚奇自己竟然連這麼明顯的症狀都看不出來。畢竟是老房子，需要維修也是當然的。

說來像是常識，卻是要由有經驗的師傅觀察出來，指認出來，我才看懂。再透過設計師的中介解釋，才更確信怎麼做。這個早上，在屋頂上的三個人，有對一所老房子三種不同的理解位置（從最懂到最不懂），並且形成了上中下游的溝通關係（老師傅是知識的掌握者，設計師是翻譯詮釋者，我是被教育的接收者）。

想起大學的時候去旁聽建築與城市史的課，有一堂課講到蘭嶼的聚落。教授邊放幻燈片邊講解，放到其中一張拍攝一片芋頭田的片子時，有一位學生舉手問：「他們怎麼會認得哪塊田是自己的呢？」教授一時不知如何回答，停了幾秒才說：「每天在種，當然認得啊。」那一刻我切實地感到，我們這種大學生，真是種最沒常識的動物啊。（這一信念後來在一回上體育課，親眼目睹同學對著體育館後的鴨子說：「哇！有雞耶！」再次獲得了證實。）後來我的朋友輩裡有人在大學裡教建築，屢屢聽見他抱怨現在的學生啊，想念建築系竟然連鐵鎚、鐵釘都沒摸過……，我也只能心虛而小聲地說：「老實說我也不會用鐵鎚耶。」

因此我對於能很好地照顧自己生活環境，擅長用各種工具修理東西的人，一直都非常地敬佩。幸好我不是住在美國那種人人都得學習ＤＩＹ的地方。或者說不定如果在那樣的地方住過，就會少點依賴性，多學會生活的技能。我有幾個在美國念過書的女生朋友，就習慣性地在家裡備有工具箱。毓芝用一把電動螺絲起子組裝了書架，主張工具箱可以 empower women。我覺得她說得很有道理，但是一直沒有好好地 empower 自己。

星期天晚上，我和朋友去看了《企鵝寶貝》。看著企鵝在嚴酷的南極環境裡的生存之道，尤其企鵝爸爸在小企鵝孵化不久後，與企鵝媽媽換班，長途跋涉去海裡捕魚，幾個月後回來，竟然還能從一堆毛茸茸的小企鵝裡，認出自己長大了的小孩。「怎麼會認得呢？」我和我的朋友都覺得實在是太驚奇了。不過我猜想，如果企鵝聽到了我們的討論，應該會很不屑地嗤之以鼻吧。因為對牠們而言，我們問的等於是「農民怎麼認得自己的田」這種城市人沒常識的問題。至於像「企鵝在一片冰天雪地裡怎麼會認得路」，「怎麼會知道日月交會的那一天要集合去哪裡」……等疑問，就更不用提了。

唉。在我所居住的這世界，我所認得的語言表面而淺薄。幸好還有許多人，從事不同的專業，適時地提供我們幫助。比如說這個早上屋頂上的治漏師傅，懂得屋子的語言，比天天住在這裡的我更快看出問題的所在，知道如何彌合屋子的本性（年久難免失修）與我的願望（不管怎樣別再漏水了）之間的裂縫。

麻煩你了，師傅。

二〇〇五年

快餐店裡的蛋炒飯

蛋炒飯有一種奇妙的屬性。比如說，你覺得蛋炒飯是中餐還是西餐呢？

在大多數國外的中國餐館裡，蛋炒飯絕對是中國菜的代表性名物。差不多是跟糖醋里肌、雲吞湯並列的明星商品吧。而且外帶點餐率應該是相當高，很方便就可以裝在外帶餐盒裡帶回家邊看電視邊吃（在美國常用的是那種上寬下窄的方形紙盒。在英國則是用錫箔盒，上頭再用一硬紙板壓實扣緊），幾乎是跟外帶披薩一樣，適合星期五晚上的懶人電視餐。

我有另一種對於炒飯的記憶。曾經有一段時間，它在我們這個城市裡，是被當作一種西餐來對待的。在西式的咖啡店裡，往往會有這樣一兩道火腿蛋炒飯或青椒牛肉炒飯，排在牛豬雞排的後頭。由打著小領結的制服服務生送來，裝在圓形白瓷盤子，用湯匙而非用筷子吃。餐前附玉米濃湯，餐後附加糖的冰咖啡或冰紅茶。

雖然台北沒有普遍地發展出香港那種「茶餐廳」文化，但也不難找到一些經營了二、三十年以上的老式快餐店，賣早餐蛋，漢堡，炸雞，火腿蛋炒飯，青椒牛肉炒飯，三明治的那種。香港的茶餐廳有三明治，乾炒牛河，公仔麵。台北的快餐店則經常有炒飯。

說來奇怪，但好像也很順理成章，炒飯就這樣臥底般地潛入了「西餐」的菜色行列裡。在六、七〇年代的台北，對許多人而言，那說不定是門檻最低的一種西餐。口味熟悉，價格相對便宜，而且不需要動用刀叉極盡辛苦地把牛肉和骨頭、明蝦與蝦殼分開。

所以，在國外被視為中國菜代表的炒飯，其實有那麼一段時間，在我們剛開始生長出咖啡廳與西餐文化的城市裡，是被當成一種咖啡廳裡的西式餐點的。如此炒飯遂奇妙地具有亦中亦西的屬性，在西方人的眼中是中國菜，台北人卻在西餐廳裡吃它。

炒飯作為西餐的歷史，其實是因應一特定的時空而生，即是城市接受外來飲食文化的早期階段，所衍生的中介食物。一道熟悉的菜色，隨都市與文化風景替換挪移，獲得一微妙的詮釋位置。那幾乎是我們身邊諸種事物在時間層層積累的過程裡，不斷衍生、轉化，產生種種歧異的例證之一。

說來這菜單的越界也不是只發生在台北的快餐店。越南菜裡有用法國麵包配牛腩或咖哩。日本則有整整一系列的和風洋食菜單：炸豬排，可樂餅，蛋包飯等等。當初是文化間對話撞擊過程裡偶然的產出，卻從此天長地久地留在了味覺的倉庫裡。

在天母一家老快餐店裡，我點了火腿蛋炒飯和薯條，我的朋友點了杏力蛋（omelet）和烤吐司，用吸管喝裝在玻璃瓶裡的可樂，討論窗外的街樹。快餐店裝潢很老舊，刀叉上都是刮痕。但是我很喜歡這樣的老快餐店。它有一種家常的氣氛。像是小時候爸媽會帶你去的店——不是因為他們喜歡吃，而是因為三明治、薯條，與裝在盤子裡的炒飯對你是新奇的，口味是簡單的，而且因為是西餐，不是天天吃到的中國菜，就使得去快餐店有了那麼一點節慶的味道，很適合當做給小孩子的犒賞。當然那是遠在台北還沒有麥當勞以前的事。

吃著老快餐店的食物，我和我的朋友聊起了在國外念書的時候。關於西式的食物，我們最喜歡的都是早餐。煎蛋，培根或火腿，吐司這一類的東西。在美國就一定有盛在馬克杯裡過淡的咖啡。在英國就一定有裝在金屬茶壺裡一不小心忘了撈出茶包就濃到難以入口的茶。要真從美食的標準講究，實在是沒什麼可說的，但我們都覺得最有意思。可能因為吃那種早餐的日子，往往是難得悠閒的週末上午。或是到哪兒玩了一夜的次日早晨，重見日常的天光。也可能，是跟我們對小時候台北那些西式快餐店的記憶有關？

其實我們都是徹底地被留學的那段時期改變了，幾乎無一例外地，我所有在國外待過的朋友，我自己，或是另一個世代的長輩。

聽七〇年代留學的老師說過，他們當年出國，沒完成學位是絕對不敢想的。於是就有這樣的事：有人出去了一兩年，學業不順利，讀不下去了，有一天忽然就下落不明，誰也不知道他們去了哪裡。直到多年之後出現，原來當時他們竟是決絕地去了中西部，或者南方，什麼城市或小鎮打工，開中國餐館。自我消失，切斷一切聯繫，寧願如此也不肯在學業不成的情況下返鄉面對親友。我們較晚的一代沒他們那種悲壯，卻也曾各自在自我的孤島上，吸收著各個面向的異鄉經驗。

像這樣的故事，不知為什麼幾乎沒有形成共同記憶，極少被討論。大家好像對留學都保持極固定表面的一種想像，那想像太強大，以至於曾經有過異鄉經驗的人，不知道如何詮釋自身的過程。我們在不知不覺中被那經驗改變了，卻說不出是怎麼回事。

這世界是多麼地輕信，這輕信又是多麼的牢固。雖說牢固，但當多年之後你終於看懂，其信念的牢不可破也就如馬奎斯《百年孤寂》裡的馬康多小鎮一般，在風中灰飛消散了。這些，我沒有對眼前的朋友說出，它們只是我讀奈波爾時經常會想起的事。

二〇〇五年

有些朋友的好處

有些朋友的好處，在一些小事當中特別顯得出來。

前幾天受了風寒，一過中午頭疼得厲害，回家的路上吐了。

那天我搭竹平的車。上車前覺得不對「好像有點想吐」，畢竟是好姐妹，竹平雖然是出了名地以車為愛人，也沒有講出「那妳搭計程車好了」這種混帳話，只是從後車廂找出塑膠袋給我備著。不過，在從士林往台北的路上，目睹我連吐兩袋之後，終於忍不住開口虧我：「小姐，妳中午吃很多喔。」

正好次日銓君打電話來，為了解釋請假在家的原因，便說了昨天的這個笑話。然後就聽到電話那頭他說：「你們這些單身的女生真堅強，生病還拿來當笑話講。」

本來不覺得什麼，被他這樣一說，我真的有種「對呀，我還真不賴呢」的感覺，好像談笑間挺過了什麼了不得的難關似的，遂自認算是個狠角色起來了。仔細想想，銓君頗長於讓人有這樣的感覺。可能因為他自己過的是結了婚有小孩的生活，因此總能輕而易舉從他那裡賺到對獨立女性的肯定，急需沾沾自喜的時候十分好用。奉勸各位單身女性，像這樣的朋友好歹要備下一名，好好地存在電話簿裡呀！

當然我的朋友們不是沒有更大的好處，極講義氣兩肋插刀的所在多有。但就是在這樣的小事情上特別有意思，事後想起來，往往在四下無人之處偷笑。大概是像有些料理當中，用來提味的材料吧。雖說不是主要的食材，但是少了也不行。古典文學中有一類特別強調品物的，像明代文震亨的《長物志》，嘮叨著窗戶可以有幾格窗櫺，用什麼色的漆，或是像日本的清少納言那樣細細碎碎地說著：「春天是破曉的時候最好。漸漸發白的山頂，有點亮了起來，紫色的雲彩微細的橫在那裡，這是很有意思的。夏天是夜裡最好。有月亮的時候，這是不必說了，就是暗夜，有螢火到處飛著，也是很有趣味的。那時候，連下雨也有意思……」有時想起和朋友之間的一些瑣事，好像也很可以這樣記下來：「在車上吐了的時候，某某說了怎樣的話，傳到了另一個某某那兒他又怎樣說了，這是很有意思的。」

有意思的原因之一，往往是這些瑣事正可反映朋友的性格，或者你和他們關係的一個重要側面，平常給忽略的，這時藉著一樁小事顯現出來。也沒什麼大不了，就是有點意思而已。然後就又在想起來的時候偷笑了。

父親過世後我寫了一封 mail 給朋友，告訴他們發生了什麼事，也讓他們知道告別式的日期，有意願來行禮的歡迎，「如果對我有什麼不滿，可以趁那天當面跟我爸說，相信我爸一定會主持公道的。」mail 發出後收到各樣的回信，當中，有這麼一個佳佳，是個才上大學不久的女孩子。先是回了封標題為「你實在是……」的信，然後，在十二個小時之內，又收到她的另一封。大意是第一封信發出後，她忽然感覺自己也許犯了個錯誤，也就是說不能因為我把這事寫得很淡，還在信末加上了那樣的玩笑話，就覺得我不需要人安慰云云，這樣曲曲折折婉婉轉轉寫了半天，最後終於說出她是在道歉，並且藉由道歉，遮掩地安慰著我。

我當然回了信對她說沒事，別在意。於是她的下一封信立刻——從語氣就看得出她的如釋重負：對嘛，我就說嘛，唉，妳媽該不會也像妳一樣吧？你幾乎可以聽到她大大地吁了一口氣，才放心地對我之前寫的玩笑話加碼。連續三封mail，她就像鬼打牆似地，走著走著，忽然覺得不對，擋住，繞了一個急彎，然後在收到我的回覆後又放心地走回原來的路。平時 E-mail 往返時我常常忘記她年紀小我那麼多，其實她真是很年輕啊。年輕到會輕易掉進迷宮，又輕易地走出來。那樣把死亡當作是死亡，沒事當作沒事。

發生嘔吐事件之後幾天，腸胃比較聽話了，我下班後和幾個朋友去以蟹殼黃聞名的小吃店吃飯。在正餐麵點之外，多點了一道桂花芝麻小包。意外地，極好吃。「這時有一杯熱茶的話就太完美了。」忍不住由衷地這樣希望起來，一群人就紛紛地以不同角度轉著頭顱往四面環視搜尋。

在那樣店面狹窄賣熱食麵點的小吃店，當然是不會有熱茶的，只有老闆娘手邊放著寶特瓶裝的綠茶飲料。毓芝首先代表大家發出感嘆：「有好吃甜點的地方大都沒有好茶，有好茶的地方卻沒有好吃的甜點。」一時之間我們全都沉默下來對著夾在筷子間的桂花芝麻小包，心裡各自細密盤算，這樣的甜點得配個茶，最好還是用素淨的青瓷茶碗裝……。

遂又想用清少納言式的口氣說：一桌人忽然沉默，一起想著一杯茶，也是有意思的事。

經常想用某種方式記下這些，像是從熱呼呼的芝麻小包投射而出的，一杯不存在的、完美的茶。在那吵鬧、擁擠的，老闆娘扯開喉嚨向廚房喊著點菜的小吃店裡，一杯茶的闕如也是有意思的。有時我起念想把這些從記憶裡打撈出來，但立刻就明白，即使描寫了具體發生的事，也還不是它的完整面目。它們多麼單薄，它們的意義迅速逝去。感受到美味的味蕾，芝麻內餡從極薄的麵皮裡給咬得擠出來時，因怕燙而捲著的舌頭。抽搐的賁門與胃管，嘔吐物的氣味，及因之而起的一個玩笑話。這些事不會改變歷史。它們很可以沒有發生過。或是發生了而沒有被看見，不曾被記得。我怕敘述了它，還不夠誠實，非得同時說出它是多麼短暫易逝，多麼在發生的瞬間就已然淹沒，以至於耗費在說它的易逝，比記得它存在更多。

二〇〇五年

男生女生

我通常對「男人是這樣這樣，女人是那樣那樣」的說法不感興趣。「這樣這樣」和「那樣那樣」各自代表十字以內的簡短定義（或廢話），比如說「男人是狗，女人是貓」，或「男人是火星人，女人是金星人」之類。不只因為這些故弄玄虛的定義乍聽之下好像很有理，其實什麼都沒說。更因為你隨時可以從身邊的人當中舉出反例來。難道你沒認識像貓一樣的男人嗎？或是火星戰神一般的女人？如果到處都是反例，那定義的用處就很可疑了，只除了用來輕易地將自己歸類，自圓其說。

而且，我們應該已經過了把「男、女」當作人群最主要分類方式的時代了吧。在這個時代談兩性，你是指同性戀跟異性戀嗎？還是人性和獸性呢？每次有人跟我約「兩性問題」的稿子，我總是很正經地這樣問，奇怪對方也總是很正經地覺得我在開玩笑。

不過最近有幾件事開始讓我覺得，男生跟女生之間可能真的有些嚴重的分裂。尤其是在年齡相近的單身異性戀男女之間。因為他們是唯一還會把眼光投在對方身上打量，說出個評價來的族群。我的一個表哥（三十四歲，未婚）一直要我介紹朋友給他認識。所以有一次我們一群朋友在餐廳吃飯，我就真的把他call 出來。事後證明大錯特錯。送我回家的路上他開始評論每個人的長相，後來來的那個很漂亮，坐窗邊的有氣質但是年紀不小了吧，那個短頭髮的打扮好怪……。他好像一點也不覺得這樣對我的朋友品頭論足有什麼不妥，直到我聽見自己冷冷地說：「說話小心點，她們都是我朋友。」車子裡氣溫降到零下二十度，坐了兩隻國王企鵝。

事後想起，其實一開始我是有預感的，不太想把認識不多的親戚帶進我的朋友群裡，我實在應該照著預感行動的。結果證明我表哥象徵了台灣某些男生的眼光，他們接觸女生時第一評斷的是外表，而且用的是非常老式正統的審美標準，長頭髮大眼睛的那一套（奇怪，即使街上有那麼多怪怪打扮的女生，也從來不會讓他們動搖，感覺自己的審美觀有任何與時俱進的必要）。我對於自己的朋友被放在這套標準之下檢驗覺得很不開心。以至於後來他再打電話來，我都還聽見自己的聲音裡無法控制地帶著冰刺。我熟悉自己的朋友，所以會很氣別人看不懂她們的好，反而拿膚淺的標準來挑剔她們，簡直就像在懷石料理店裡嫌菜太淡，要求廚房收回去做成三杯口味嘛。我以後再也不要做介紹人了。

我當然也聽過女生批評男生，不過她們通常不會挑剔對方長得抱歉或像恐龍，而是：穿黑皮鞋配白襪，用皮爾卡登皮帶扣，辦公桌上放電動旋轉水晶球……。我的朋友圈圈是大美人，前陣子她跟網友見面，之後跟我描述事情經過時，第一句話是：「他車上掛著用塑膠管子做的中國結，很——醜——。」不過更讓圈圈受不了的是，這位先生在咖啡店坐下來後問：「圈圈小姐，請問妳選擇伴侶的條件是……？」圈圈一邊說一邊翻著白眼：「『伴侶』！他用『伴侶』這個詞耶！」前一次我看到有人對文字這麼計較，是一名詩人看見自己的詩被打了錯字時，從口袋掏出抗憂鬱症的藥來吃。還有一次我聽見一群女生討論某種台灣常見類型男生（通常是念理工的），會大談他們其實根本不懂的古典音樂和電影，所知道的追女生唯一方法是送花，「而且還是那種『正紅色』的玫瑰花！」最後一句最狠，之後好幾個禮拜我看到有人拿著正紅色玫瑰花束，都會忍不住多看幾眼。

同樣是對外表的挑剔，像我表哥那樣的男生看的是長相，偏向先天條件。女生在外表上看到的，比較是後天品味，索引著對方生活價值和定位，這是不是一個有意思的、可以談話的人，而不只是裝出來的古典音樂知識，或用桌上的水晶球開運。

幾個禮拜前我一群高中時候的好朋友去海邊玩，在那裡我又目睹一次男女生習慣的分歧。女生之間可以很自然地交換經驗想法，生活進程及其種種，男生也可以，不過到太私人的部分他們就不大有興趣了，或者是不大擅長處理。有一個女生說了她做過的一個夢，一時之間男生倒茶的倒茶，想看網球轉播的頻頻瞄電視。

最後統一了男女性別的是遊戲。我們當中有人帶了一種進口德國紙牌，很可以考驗顏色、形狀、數目辨識能力和反應速度的遊戲。不知不覺我們就分成男生女生兩支隊伍比了起來。一個早上在房間裡，海灘也不去了，圍在桌邊，像小孩子一樣互相叫陣，計較輸贏。

最後贏的是哪一方呢？我真的真的沒有扭曲事實、偏差報導喔——是女生。

二〇〇五年

專心於分心

我的一次難忘的閱讀經驗，也是一次中斷的閱讀。開始閱讀的起點是一個冬天，在國際班機的機艙裡。結束閱讀是夏日的晚上，我的客廳。

那是一本披頭四的傳記，杭特．戴維斯（Hunter Davis）寫的。披頭四唯一正式授權傳記。我在一年半前開始讀這本書，後來忽然中斷，一直沒有讀完。書頁裡冒出一小截紙片，標示著一年半前中斷的地方，其實已經很接近結尾了，大概只剩十幾頁吧。那被我用來充當書籤的，其實是一張名片，有人在背後寫了 E-mail 和電話。我老是有這種隨手拿名片夾進書裡的壞習慣，以至於要找電話的時候常常找不到。

一年半前，我把這本書塞進背包裡，搭晚上的飛機去舊金山。一直以來我都喜歡旅程中的閱讀。尤其是在飛機上。機艙的空間，在飛機起飛後，照例是送飲料用餐點的一陣忙亂。整個機艙鬧騰騰的，倒不見得真有多少分貝噪音的吵鬧，而是一種尚未安頓下來的浮動感。

終於靜下來時，燈暗了，許多人把注意力放到眼前的一小方螢幕上，不再走動交談。你讓空姐把你手上的杯子收走，跟她多要一條毯子以便把自己裹成蠶繭狀，東挪西挪個三十秒確認最舒適的姿勢，然後便拿出隨身帶的那本小書，打開頭頂專屬於你的那盞燈。對我而言這已經是個固定的過程了。念書的那幾年，每飛一趟台北到愛丁堡十幾個小時的航程，正好看完一本平裝本小說。

再沒有像飛機艙這樣奇怪的，既公眾又私密的場所了。它的所有設計都是要在狹窄的空間裡塞進最多的人，同時又使所有人盡量忽視他人的存在。每個人用自己的耳機，看自己的螢幕。同在一個場所，卻不分享聽覺與視覺的經驗。等周遭暗下來，飛機引擎隱隱的噪音裡，就是最私人的閱讀空間。

通常我在機艙裡只做這幾件事：吃喝，睡，以及閱讀。其中睡和閱讀的輪替非常重要。因為在機艙裡讀書很容易忘記時間，而眼睛會很快就疲累。

披頭四傳記裡冒出頭的書籤位置，我很清楚那記號意味著什麼。一年半前我在那裡中斷了閱讀。並且有好長一段時間不打算重新接回閱讀的線索。

我帶著它從台北飛往舊金山，又從舊金山飛往紐約。在往紐約那段路上，父親坐在我的身邊，他就像平日一般，不打擾我的閱讀。他那一代，台灣所有鼓勵小孩念書的中產家長都有這種習慣——對閱讀中的孩子過度地寬容。偶爾我轉過頭去看他，他對我笑一笑。

（那是一種有話要說的笑嗎？是一種想說話但又怕打擾我閱讀的笑嗎？他自己有沒有意識到接下來要發生的事呢？後來，有段時間我一直這樣問自己。）

當時我不知道的是，那將是父親的最後一趟旅程，是我最後一次與父親並肩而坐。我只是專心地閱讀著四個小夥子的種種傻事。我不知道我是不是因為耽於閱讀，忽略了身邊父親的訊息，也許他曾經想對我說些什麼？

一直都是這樣的。閱讀為你創造出一個半封閉的世界。使你隱身。使你忘記身邊的人，周遭的事。使你彷彿進入一個更廣大的世界，但也縮小了那一刻其他的感知能力。你專心。但對他人而言你是永遠的分心者，眼望那個他們不明白的世界。

這個星期天的晚上，我在桌邊坐下來，繼續讀這本書。就從書裡名片標示的位置開始，那個我在一年半前停下閱讀的時刻。因為父親倏然過世而中斷了的時間。

已經是戴維斯在一九八五年補上的後記的最後幾頁了。那時披頭四早已解散。約翰已經死去。戴維斯寫完了林哥與喬治在一九八五年的最新狀況，剩下的就只有保羅——披頭四解散之後經營得最為成功，但長久以來一直背負解散披頭惡名的保羅。

我就這樣慢慢讀完了那最後的十幾頁。讀了保羅．麥卡尼的長篇牢騷。約翰一死就被神聖化了，保羅得面對披頭迷的指責，他和約翰生前任何一點細小爭吵都被放大處理。他和約翰既友好又競爭的關係，互相激發也互相傷害。有時彼此依賴，有時彼此都相信對方是混球。他一定沒想到約翰會忽然死去，留下他在那個來不及和解的瑣碎爭吵裡，一肚子沒處發的牢騷。

一年半前中斷的閱讀就這樣接上了。平平淡淡讀完了他人的人生。從我客廳的窗戶望出去，看見巷子裡人家的燈光。這也是一個極平淡的閱讀場景。沒有旁人會感興趣的中斷與接續。我的又一次專心於，自這時間之流分心之事。

二〇〇五年

以嬰兒之名

姐姐的兒子出生了。

這件事情的實在感，首先是以 E-mail 附加圖檔的形式來臨的。在我姐夫打電話來報告母子平安的消息後，我依照平日的通訊習慣知道該等著收 E-mail。果然，E-mail 很快就到，打開圖檔，跳出一個紅通通的嬰兒，哇哇大哭著正被放在磅秤上量體重。

如果我們和姐姐住在同一個城市，或者至少在同一個時區裡，大概會比較有臨場感，會分享到她待產、陣痛、要上醫院了的即時報導。可是我們和我姐之間有十二小時的時差，其結果是：一天早上我們醒來——「什麼？已經生了！」有種小孩從天而降的感覺。是靠著E-mail傳來的那幾張照片，我才第一次對家裡多了個小孩這件事產生現實感。真的有這麼一個剛出世的小生物呢。可能是出生晚過預產期的緣故，他看起來比一般的新生兒成熟，望著相機鏡頭竟然一臉平靜。姐姐和姐夫暫時還沒想好中文名字，只取了英文名字叫威廉。

於是，在開始被朋友的小孩、以及路上不認識的小朋友稱作「阿姨」的多年後，我終於正式「阿姨化」了。證據就在我的電腦圖片檔案裡，現在專開了一個檔案夾，存放從我姐那裡寄來的威廉的照片。姐姐跟姐夫就像許多第一次當爸媽的人一樣，專為嬰兒買了新的數位相機。

然後，過年期間我和媽媽去了一趟紐澤西，那才是照片中的嬰兒獲得更進一步現實感的時候。我們到達紐澤西時是下午，聽說先前幾天美東大雪，一夜之內道路都埋沒了。但我們抵達時卻是陽光晴好，積雪溫馴地被成堆鏟在路邊，完全看不出它們曾經造成怎樣的嚴酷，白顏色把四周返照得亮晃晃的。

這樣的午後我到了位在一靜謐社區的姐姐家。在被請來臨時看護半天的表嫂懷裡，第一次看到剛喝完奶一臉昏昏欲睡表情的我的外甥。

這個小生物的存在，在見面的瞬間立刻以各種感官形式獲得補充，身體的觸覺，溫度，聲音，還有一臉奶味，超過了網上傳來的照片，完整地真實起來了。

家裡有了新生兒，帶來的第一個變化，不是他在大人群中逐漸地長大，而是大人全都在他面前嬰兒化了。

不覺間大家都發生返祖現象，擬仿幼兒說話。我媽抱著嬰兒時，都要以她孫子的身分發言。她不再對我說：「小青，幫我拿一下毛巾。」而是說：「阿～姨～，幫人家把那個毛巾拿過來啦！阿～姨～快點啦！」我懷疑我媽是不是把她孫子當成布袋戲偶了。

我妹跟嬰兒溝通的語言策略，則是不斷發出單音節的字。威廉一哭她就：「喔、喔、喔、喔，好、好、好、好」，我們都不知道她在說什麼，我想嬰兒應該是更一頭霧水吧。不過這樣連續的單音節發音，加上搖晃，有時竟然也會奏效，讓威廉止住不哭。我想威廉應該是認為：「這個大人好奇怪，還是別指望她了吧！」於是非常睿智地安靜下來。

我是裡頭唯一努力要用一般大人口氣跟嬰兒說話的人（因此可能也是最不正常的一個），但這種做法有時不太受到其他大人的歡迎。有一天我媽在廚房準備晚餐時，我抱著嬰兒參觀廚房，並且向他介紹爐子上的各種食物：「你看，這個是人參雞湯，是外婆煮的嗎？不是。是表舅媽昨天拿來的。啊，這裡有包子，是外婆做的嗎？也不是，是奶奶包的。……那外婆請問妳到底會煮什麼？」這樣做的結果是被我媽趕出廚房，給威廉上了寶貴的一課：真相並不是中性的，事實的敘述有時會導致意想不到的結果。

這是家裡出現小嬰兒後對大人行為舉止的第一件怪異影響，大家的說話口氣都倒退到十歲以下的狀態，擬仿幼兒，用他作第一人稱發言。好像忽然得到時間特許，遂雨後春筍地幼稚了起來。

我懷疑每個人都有用另一種口氣說話、藉一個他者來發言的需要。嬰兒的在場提供了好機會，發揮類似戲劇裡面具的功用，讓大人可以隱身在他背後說話。

嬰兒是最沒有說話能力的人，卻有最多人以他之名發言。他還沒清楚發展出「自我」的意識，周遭的人卻搶著替他扮演那個「我」。我們擬仿小孩口氣要為他爭取多一盎司的牛奶、多一條毯子、多一件衣服、多一個人來哄。我們不再直接用自己的身分說話，而是迂迴透過他存在的轉介，在一場共謀的扮演裡，達到彼此的溝通。

對這個時期，他長大後應該是不會有任何記憶的吧。一天下來，我看著他躺在小小的嬰兒床裡熟睡，睡得把兩隻手臂向上舉成「萬歲」的姿勢，只有小孩子才會有那麼放心的睡法。很快他將學會替自己說話，學會站起來伸出手拿到他指涉的物件。他並不知道，曾有一段時期，每一句話都是以他之名說出，承載一個大人在諧謔與擬仿的背後，一種突如其來，想在語言中失去自己的願望。

二〇〇五年

物的宇宙

我的乾兒子小寶自從學會說話以後，話是說得一天比一天好了。不過，作為家裡唯一的小孩，他可以說話的對象不多，最近他媽媽發現他在跟家裡的汽車說話：「喂喂喂，馬自達，你好嗎？你在哪裡？喔，在地下室停車場啊。有事嗎？沒事，那掰掰！」

這讓我開始想，我們到底都是怎樣學會說話的呢？還有，是怎樣學會哪些人或物可以作為說話的對象，哪些不行？也許我們都曾有過一個時期，覺得我們是可以跟世上的萬事萬物對話的。可以跟洋娃娃、跟家裡養的貓狗說話，當然也可以跟一棵小樹，一陣風，一顆行星，甚至一個鍋子，一只勺子說話。我們童年的那個時期，類似於人類歷史上萬物有靈的信仰時代。要嘛是當時的我們把語言的力量看得太大，認為可以對眼前所有事物介入溝通；要嘛是把語言的重要性看得太低，當成一種單方向的呢喃，不在乎汽車或鍋子會不會回答我們。往後，經歷社會化的過程，被大人糾正，被同儕恥笑，我們才為自己劃出一個可溝通的範圍——只跟聽得懂、會回答你的人說話，而不要跟路邊的石頭討論天氣。

這個過程到底是怎麼發生的呢？想想看，那其實是非常大的變化不是嗎？用歷史來比喻的話，變動的劇烈程度簡直跟改朝換代，或是進展到一種新文明不相上下。從跟物品說話，到只跟人類說話，我們割捨了一大半的宇宙。那一半物的宇宙，變成是不需要與之溝通，只需要使用、控制，或計算。從停止和它們說話的那天起，我們已經把它們劃進了「受詞」的位置。我們也規範了自己交流的對象，只能對人類，而不應當對著一盞燈或是一張桌子表達心情。

這讓我想到希臘神話與荷馬史詩的世界。古代的希臘，是一個眾神會以各種形象出現在人類身邊的時代。其中最常進行偽裝的，是那些好色的男神。天神宙斯把自己變成公牛或是天鵝，海神波塞頓把自己變成一條河，來接近美麗的人間女子。當然也有非關情慾的偽裝，像是掌管編織的月神黛安娜偽裝成老婦人來考驗驕傲的少女，一不高興還把對方變成蜘蛛。

如此想像希臘人的世界，簡直是在自然界中到處隱藏著天神——就像螳螂偽裝成枯葉，變色龍偽裝成岩石的顏色一樣。希臘人隨時有可能在日常生活的場域裡，在身邊的自然事物中接觸到神性。很多時候，這種接觸是發生在異性的神祇與凡人之間，從而帶有生育力與創造性的象徵——凡人女子接觸到密藏於自然中的神性而懷孕了，神性傾瀉而出，生育出更多具有奇異稟賦的神人，去實踐屬於他們的神話故事。

小寶今年剛滿三歲。現在我經常帶著神奇的眼光看待那個年齡的小孩子。這樣一個小小的、黏人的，嘴裡不知咕噥著些什麼的人類幼童，他們腦中的世界，是以和我們截然不同的邏輯組裝而成。那是我們也曾經擁有的世界觀，卻在被教養成一個社會動物的過程中，複寫，修正，乃至完全遺忘了。我們曾經像他們一樣對世上的各種東西說話，表示我們對它的好奇——那時許多事物還沒有名字，我們和它們之間還沒有一種固定的關係。

當然小寶之所以和物說話，可能也由於他是獨生子女，缺少和同年齡小朋友說話的機會。現在單只有一個小孩的家庭是越來越多了。我經常會聽到朋友的小孩用很大人氣的口氣說話，因為他們模仿的對象是家裡的阿公阿嬤，要不然就是電視。我的一個朋友曾經因為加班晚回家，而被兒子教訓：「這麼晚回家也不會打個電話，不知道人家會擔心嗎？」毓芝很擔心她剛滿一歲的獨生女兒缺少玩伴，把她送去參加健寶園的遊戲課程，希望增加她和同年齡小朋友的互動，結果卻發現女兒的注意力只在老師身上。可能平常在家看慣了大人，也把大人當成認同的對象，看到別的跟她一樣在塑膠地板上爬來爬去的小孩子，還以為是別的動物呢。

這幾年隨著MSN、E-mail、手機簡訊流行，很多從前用說的話，現在用按鍵打字來表達。每天我們在沉默中，用手指說出大量的話。這可能是我們長大後另一波語言世界的重新建構吧。這次，我們透過物的中介，來和他人說話。如果說，在古代希臘，神性注入人類周遭的自然，我們則是將物性帶進入了人的世界。藉物發聲，藉物溝通。

是什麼使得一個小孩子想要和一輛汽車溝通？問這個問題之前，說不定我們該問的是自己：為什麼不想和一輛汽車溝通？某個無聊的午後，小男孩忽然想起了一輛車，每次出門他媽媽會將他放在這輛車後座的兒童安全座椅裡。不過現在車子不在眼前，而他才剛開始粗略能夠體會「看不見不表示不存在」這樣的觀念。於是他開始說話，對那看不見的車子說話。在往後的人生裡，他其實有很多機會進行這樣的訴說，藉由語言的力量，召喚，回憶，描述或是重整那些不在眼前的事物。如是我們確認著宇宙的輪廓。

二〇〇五年

素食突圍

吃素的那段時期，我的飲食經驗隨之改變。

我覺得最糟糕的素菜，通常是用葷菜的邏輯做出來的菜。比如一道素咖哩飯，用了丸狀的素肉來代替肉。本來咖哩最好的地方，是在食材充分地燉煮之後，完整吸收了咖哩香料的氣味。但是這道素咖哩採用的那種素肉，不會有入味的效果，也不會有久煮之後纖維軟化的口感。相反地，自然的蔬菜當中，花椰菜、四季豆、紅蘿蔔、馬鈴薯，都很適合做成咖哩。（最好不用甜稠的日式咖哩，而是印度咖哩。）認為用素肉代替肉，煮出來的咖哩就叫做素咖哩，是一種肉食者的邏輯，昧於那「肉」字，覺得菜餚裡面非要有個肉，不是真肉那就用假肉。這其實是個滑稽的誤解。那天我吃著素咖哩飯，怎麼吃怎麼怪，好像在吃一種塑膠仿造品。

要不是吃了一陣子素，大概不會注意到我們的烹煮邏輯之中，受肉食的影響多麼大。素食人口在台灣其實相當可觀，街上到處看得見素食餐館。幾年前我和友人在法國旅行，郁雯吃素，在外吃飯幾乎都只能點沙拉。拿菜單問有沒有素食？法國人瞪著眼，好像他們菜單上有了鴨胸肉、烤田螺、勃根第火腿，你竟然還敢問有沒有素食，真是件不道德的事。這幾年世界各地素食的人都在增加中，不知法國人是不是還那麼理直氣壯地肉食本色。

在台灣素食是很普遍的，不過奇怪的是我們的社會很熱中提供各種模仿成葷菜的素食。尤其是那種宴客的場合，其他人分食著魚翅、雞湯等大菜的同時，服務生也特別端給你一道道蒟蒻做成的海參，蕈菇做成的鮑魚，豆腐做成的火腿、鰻魚。

做這些菜其實是很挖空心思的，好像有種「只拿新鮮蔬菜上桌的話，未免太對不起你了」的體恤，很可憐我不能吃肉似地，變著把戲做出各種仿製品來。可是那樣的素食實在矯飾，太違背食材的本性味道了，吃起來很沒意思。我常常都很想跟他們說，可不可以給我清炒個小白菜就好。

我喜歡的素食，比如大直一家小麵館的素香飯。醬油基調熬煮切得極碎的豆干大頭菜，澆在飯上。米飯煮得比一般的餐館稍微乾些，粒粒分明，澆上了醬汁便溼度正好。佐以酸菜，有一種樸素家常的好味道。想配個湯的話，可以選擇髮菜羹或是紫菜湯。髮菜羹是髮菜與切絲的白菜、紅蘿蔔煮成勾芡的羹。紫菜湯特別的是在紫菜之外還加了空心菜。青翠的菜葉與梗子飄在湯裡，口感很爽脆。

或是今天和朋友在義大利餐館吃到的一道前菜，紫蘇洋菇。那種西式的sauté 煎法，煎到洋菇變成金黃的顏色。因為事前特別請廚房不要加蒜，少了蒜香，但洋菇本身的味道也更清楚了。鹽是最後撒上的，不完全溶解在菜餚中，而有一種顆粒的口感。

我自己在家作菜時，有時也喜歡這樣，最後才撒上一點香料和海鹽。中國菜往往是要飽浸湯汁，使各種食材均勻地吸收醬料，把一鍋菜煮成一種味、一種色，那樣的彌合無間，見功夫於徹骨處。西式的煎法則經常容許每種食材保留它們的個人主義。茄子、蘑菇、西葫蘆（courgette），迅速地乾煎，保持各自的口感和氣味，最後灑上迷迭香、撕碎的羅勒葉……鹽與胡椒也是粗顆粒的，讓你不能不覺察它們的存在。從食材，香料，到調味料，調和中有分離，每一口都吃到不同的味覺口感組合。粗糙卻直接，襲擊官能以爽利的新鮮氣息。

因為朋友還是非吃素的居多，大多時候和他們出去吃飯，不會上專門的素食餐廳，而是去普通的館子。台北大部分普通館子也會在菜單上備幾道素食，遇見菜單上沒有素食的，那往往就是把店員叫來，問問可以出什麼菜，簡單即可。在這樣的隨意當中，有時反而吃到意外的好味道。

例如有一回在宜蘭，請餐廳廚房做一道素炒飯。待炒飯上桌一看，是在米飯中炒了薄片的辣蘿蔔乾，味道好極了。同席的非素食者們看了全都大為羨慕，從一桌子葷菜變節，又把服務生叫來加點一盤。不過再上來的炒飯就沒有了蘿蔔乾，味道也不一樣。那大概就是廚師一時的創意，用手邊食材組合出來的炒法，要再點一盤就沒有了。

漸漸習慣了之後，也覺得這樣點菜的模式挺好玩。剛開始吃素的時候，有點不好意思開口，如果同桌有人比較強勢地說：「吃素？那麼麻煩⋯⋯哎呀，妳就吃肉邊素嘛！」我好像也隨時準備讓步。現在就氣定神閒許多，別人還在挑揀菜單上的名目，我已經叫過店員，問問廚房能做什麼素菜，確認食材做法，說明別加蔥蒜，這樣自訂出一道菜單上沒有的菜色來。有一種與那在廚房裡密不露面的幕後高人輾轉溝通了，得到他特權地專為你料理一道好菜的樂趣。

這過程也像是一種學習。在被菜單規範的有限選擇之外，試著突圍而出，清楚傳達你其實需要些什麼，搭架一道雲梯，好讓對方比較容易搆著你的想像。當然有時那溝通也會失敗的：明明說了不要蔥蒜，湯面上還是灑滿了蔥花；說了不吃蛋，卻還是來一道蛋豆腐。那也沒什麼好氣餒，一切溝通當中本就保留著兩造誤解的空間與權利。但偶爾，從飯桌到廚房那樣間接曲折的溝通之中，竟就產生了某些意外的菜色，你從菜單規定好的那些味覺裡突圍而出了。

或許正是因為你的一次詢問，廚房裡有人暫時拋棄了那些工整的菜名，放下成為大廚歷經的養成訓練。他忽然想起來，把本來上不了餐廳檯面的辣蘿蔔乾從冰箱拿出，片成薄片，下鍋，翻成一盤炒飯。

炒飯上桌，你們雙雙在那瞬間，完成一次味覺與想像的突圍。

二〇〇五年

遣唐使

二〇〇四年，在西安，唐代的長安城舊址，發現了一千多年前一名日本遣唐使成員的墓誌銘。這個名叫井真成的日本人，在史書上並沒有記載，他的身世與生平，至今仍是個謎。我們所知道的，只是刻在墓石上的一百多個字。「公姓井，字真成，國號日本，才稱天縱，故能銜命遠邦，馳騁上國……」。

如同許多的墓誌銘，簡短的一百多個字並未能給予我們井真成生前的完整輪廓。在日本飛鳥時代、平安時代的遣唐使紀錄中，也沒有出現過井真成這個名字，因此有人推測不是本名，而是入唐之後，依唐土風俗改的名字。我們只知道他應是和阿倍仲麻呂一起入唐的遣唐使成員之一，不幸客死異鄉長安，把這出使的繁華唐京城，作為了埋骨的所在。

於是這個日本古人曾經存在的證據，單薄地附著在一個沒有官方紀錄的名字之上。我們對他一無所悉。正如同他如果還在死後世界裡向這人世回望，同樣也會感到陌生吧。

但即使如此，墓誌銘發現之後，在中國與日本都引起了注意。去年，東京博物館才舉辦空海和尚赴唐取經學法的一千兩百週年紀念展覽，今年夏天又辦了「遣唐使與唐之美術展」。其中，作為展覽切入點的，就是這新發現的井真成墓誌銘。刻有墓誌銘文的墓石，被從西安運往了東京展出，進行了它的主人在一千多年前未及完成的那趟返鄉之旅。墓石是井真成人生的終點，但在博物館的展示廳裡，它又成了一個起點，帶領二十一世紀的參觀者進入那個中世唐帝國與日本間文明交流的世界。

井真成之所以引起這樣多的注意，大概是因為他觸動了我們對古代旅人的想像。在他的墓誌銘中，有「形既埋於異土，魂庶歸於故鄉」的文句。

那是墓誌銘作者對一個死於異鄉者的猜想。它所說出的，與井真成這個人有關的事不多，卻大量重疊了我們對故鄉與他鄉的想像。因為，我們不都也曾這樣千里趕赴一個未知的遭遇，然後發現自己回不去出發的地方嗎？

隨手翻了歐陽修的詞選。

北宋歐陽修，井真成之後大約三百年的人物。跟井真成一樣，歐陽修也曾經遷徙，從原來的作息被拔起，割斷在一地長久生活形成的種種牽絆與關係，向一未知的地方移動而去。

作為遷徙、離去的一方，歐陽修的許多詞卻是擬想那個留了下來的人，而且往往用一個女性的聲音，來說別離這件事，像是「別後不知君遠近，觸目淒涼多少悶。漸行漸遠漸無書，水闊魚沉何處問。」以及「樓高莫近危闌倚，平蕪盡處是春山，行人更在春山外。」

從留在原地的女性的角度，看見懸念之人漸漸遠去。那是一個自己無法參與的世界，頂多在樓頭遠望向地平線的另一端，揣想那個難以理解的天地。旅人與女性等候者的世界形成巨大的反差。一個空間是天高地闊，一個是被圍牆曲曲折折地遮掩界分。宋詞裡的女性等候者，她們的世界由各種瑣碎精緻的物事構築，簾幕、鞦韆、羅衣、金釵、香爐、闌干……。那是被物件分割占據的小天地，對比於旅人移動中的風景。

為什麼歐陽修詞裡的別離常是用女性的角度來書寫？一方面當然是因為，這些詞是寫來唱的，而唱的人總是女性。她們是在別離之中被留下來的人。文人雅士來來去去，她們始終在同一個命運裡定居。

但另一方面我忍不住想，就像定居的人對旅人寄託以浪漫的想像，旅人也同樣需要定居的人，需要等候者，需要被百轉千迴地想念。他們用文字創造出想念的人，以及想念本身。看文人們描寫為相思所苦的女性精緻的居所，用許多精美的物事填滿她們的空間，簡直近於戀物。但那究竟是誰的戀物呢？是女性等候者的戀物？還是填詞的文人對自己即將別離的事物之依戀，卻假託給了那個等候的人？莫不是，他們在詞裡為自己創造了一個想像的居所，一個挽留與等待著自己的所在，那是他們無緣長久停留，卻在每一趟旅途中一再地想像的地方。若非如此，怎能在這廣漠的世界裡尋獲一點安慰？

我想對你說的就是關於這些古代的旅人。沒有飛機和火車，他們旅行的世界比現在更廣大，更被未知所覆蓋。離別像是眼見著對方被廣闊無邊的空間吸收了。音信與歸期同樣杳杳，於是懸念就這樣抽絲生長了起來。

二〇〇五年

駙馬爺山水

在北宋的畫家當中，有一個人的身分比較特別，名叫王詵。他是宋初功臣王全斌的第六代子孫，又娶了英宗皇帝的女兒、神宗皇帝的妹妹，也就是說，他是個駙馬。這位駙馬爺愛好詩文書畫，以「寶繪堂」的堂號收了不少名品，與蘇軾、蘇轍、黃庭堅、米芾都有交情。繪畫中「西園雅集」的母題，就是描繪蘇軾等人在王詵家的庭園裡聚會，作點吟詩、繪畫、下棋的消遣。《水滸傳》第一回裡有個戲分不多的駙馬王都尉，也是以歷史上的王詵為原型。

畢竟是貴冑公子，生活上的講究，對風雅的追求，也有那麼點奢侈的意味。蘇東坡說王詵自己研發製墨，以黃金丹砂為材，做出來的墨跟金條差不多貴，顯然他不需要有成本觀念。不過，蘇軾在記寫了王詵的超奢華黃金墨後，接著馬上在同一段文字裡說：「三衢蔡瑫自煙煤膠外，一物不用，特以和劑有法，其黑而光，殆不減晉卿。」晉卿就是王詵的字。我想蘇東坡心裡是在暗笑的，覺得王詵這位大少爺拿金子做墨，結果人家光用煙、煤、膠，也能做得一樣好。說歸說，王詵就是有那麼優渥的條件，朋友是一時之選的文人藝術家，他可以一擲千金地收藏書畫，再請蘇軾、黃庭堅來題跋，或是跟米芾交換鑑賞（當然也不免領受米芾的毒舌）。他的寶繪堂是個沙龍般的場所，以有形的文物收藏為基礎，連繫著無形卻更為稀罕的朋友交遊網絡，如此得天獨厚地擁有一個自成的天地。

宋神宗起用王安石變法後，朝廷陷入新舊黨爭。不久「烏臺詩案」，新黨在蘇東坡的詩文中挑出他反對新政的證據，與蘇常有詩文往還的友人都受了牽連。王詵作為文人雅集的中心人物，尤其脫不了關係，和蘇東坡同時被貶。

在蘇軾眼中，王詵「平居攘去膏粱，屏遠聲色而從事於書畫」，但史料中的王詵還有另一面貌。根據正史，王詵與公主的婚姻並不如意。元豐三年公主病危，皇帝親自去看望她，餵她吃粥，還是挽回不了他最疼愛的妹妹。公主一死，皇帝的怒氣就對王詵爆發了。公主的奶媽出面控訴王詵，說他曾「與妾姦（公）主旁」，於是震怒的神宗下了一道手詔：「王詵內則朋淫縱慾無行，外則狎淫罔上不忠」，王詵再度被貶，他的八個妾被發配邊疆。此時，死去的公主已經沉睡在陵寢，再也無法對丈夫的命運置一辭了。

究竟王詵是像蘇東坡描述的「攘去膏粱，屏遠聲色」，還是如神宗眼中的縱慾無行？從他有八個妾、又用黃金製墨看來，生活還是有一定程度的奢侈享受的。這在蘇東坡等文人的眼中，或許不是什麼大事。但在皇帝和公主奶媽的眼裡，公主受委屈了。

至少有三條故事的軸線，在王詵這個人身上交會。第一條是神宗朝黨爭的故事，在這個故事裡，蘇軾與王詵捲入是非，同遭貶謫，朝中新黨得勢。第二條是蘇、王等文人藝術家圈子的故事，這個小圈子在「烏臺詩案」中被政治外力打散了，有人被貶有人被罰，結交朋黨成了罪名，王詵如文藝沙龍主人般的性格不得不收斂，雅集中的好友得各自安身立命。

至於第三條，則是一位公主的故事。

她未能獲得丈夫的愛情，死時才三十歲。她或許不了解丈夫和他那些朋友，都在「寶繪堂」裡談些什麼。歷史，總是充滿了事件的交錯。在「烏臺詩案」的另一面，是被政敵隨手打亂了的、號稱「西園雅集」的文人聚會。而文人藝術家們吟詠聚會的背面，是一位公主寂寞的身影。待公主一死，觸怒了皇帝，又反過來讓王詵結交的這班朋黨在皇帝眼裡顯得更可惡，影響了皇帝的用人與政治判斷。

故事裡最奇妙的角色之一，是在公主死後出面告狀的乳母。她應該是一直在旁邊看著她從小帶大的公主，成長、嫁人，金枝玉葉，錦衣玉食，卻又那麼無可安慰、無理可說地寂寞著，直到病逝為止吧。乳母的一狀，像是要為她的公主討一個道理。

但那八個被流放的妾，又向誰討道理呢？

宋神宗死後，年幼的哲宗即位，宣仁太皇太后垂簾聽政。蘇軾與王詵分別被召還朝，兩人在殿門之外重逢了。在這之前，兩人已有七年的時間互相不聞音訊了。多年前他們從那場被稱作「西園雅集」的文人聚會走出去，到帝國的某一個州境去任官，跋涉了多少山水，又都來到京城的宮殿門外。彷彿重回多年以前，只是各自都已不同了。據學者衣若芬考證，傳為米芾所作的〈西園雅集圖記〉，實際上不是米芾的作品，而是明人的偽作。那是不是一場從未存在過的聚會，託付著後人對高尚風雅、桃花源般聚會場景的嚮往與想像？

在蘇東坡詩集裡，題贈給王詵、題王詵山水畫的詩，多是寫在元祐年間兩人被召還朝，那次殿門外的重逢之後。也許是，離散多年之後，兩人的交情更進了一步；又或者是，到了那時，王詵的畫作才更有可觀，讓蘇東坡願意為之題記？

這個曾是一時風流人物的駙馬爺王詵，經歷了一趟旅程，當他回到京師，回到已沒有了公主、也沒有八名侍妾的宅第裡，是不是比多年前他離開之時冷清多了、也安靜多了呢？

安靜到他終於可以默默地鋪開紙張，畫一幅山水。

二〇〇五年

身不繫

蘇東坡六十五歲時，收到一紙來自京城的誥命。他知道他在海南島的謫居可以結束了。

三年前，他因「譏斥先朝」的罪名被貶到海南島。這罪名一直到宋哲宗過世才被摘除。死了一名皇帝，京城的使者就上路了，四面八方地去把死皇帝貶走的老臣一個個召還來。於是蘇東坡要回汴京了。

在這趟漫長的返京之旅中，他路過金山寺，在那裡看見李公麟為他畫的一張像。基於什麼不明的緣由，畫像被留在寺廟裡，而竟果等到了蘇東坡的歸來。他於是在畫像上題了一首總結自己生平際遇的詩：「心似已灰之木，身如不繫之舟。問汝平生功業，黃州惠州儋州。」

晚年歸來，走入一廟，見到了自己的畫像，這是戲劇性的一幕。最近，重讀蘇東坡晚年的詩，揣想這個一生三次遭貶，一次比一次更遠的詩人，他一輩子的際遇。我們總以為，二十一世紀的生活最不乏流動與變化，其實古人也以他們的方式從變動裡活出來。往往，在中央朝廷政治勢力洗牌的時候，以科舉入仕的文人們得把命運交出去，像骰子一拋拋在了中國廣闊的國土地圖上，走出京城的城牆，東南西北地去體會什麼叫遙遠。

那是沒有現代通訊器材的時代，貶謫與遷徙意味著許多難測的聚散。當蘇東坡從惠州出發往海南島時，他的弟弟蘇轍也正要從筠州轉往雷州。兩人在互不知道對方消息的情況下分別上路。蘇東坡到了梧州，才知道蘇轍剛剛路過該地，計算著路程，幾天之後就會遇見了。

幾乎是以人類學家收集口傳神話般的方式，忽然在旅途上撿拾到一個與自己相近的形象！「江邊父老能說子，白鬚紅頰如君長」——這樣地聽見了居民在口說言談中提起了他的弟弟，幾天前才路過此地呢，他們說，那人正像你一樣留著白鬍鬚，紅臉色，身高也相當。一個與自己血緣最親的兄弟，像自己一樣地流離，在這極南之地，就要相遇了。但這時還沒見到，還只是聽說。這詩正寫在這個巧妙的時間點上，將見而未見，懷著盼望、藏著許多見面時要說的話，卻只能在旁人的話語中，印證兩人多年不見，卻在基因裡牢牢注定的相似長相。

那個以有形的地理場所與時間支架起來的，詩的空間。場所是五湖四海，因為貶謫流離，而如不繫之舟般飄盪、遊歷過的各地。中國是太大的一個國家，距離與遙遠的概念總是對應於際遇的。而時間在一生的窮達起落間，如此衍生了聚散因緣之種種。

蘇家兩兄弟這次於嶺南重聚前，已經四處為官，分散多年，往往只能遠遠地聽到對方的消息。元祐初年蘇轍奉派出使北方的遼國。蘇東坡人在杭州，寄一首詩給他的弟弟：「雲海相望寄此身，那因遠適更沾巾。不辭馹騎凌風雪，要使天驕識鳳麟。沙漠回看清禁月，湖山應夢武林春。單于若問君家世，莫道中朝第一人。」

從沙漠到清禁（京城宮中），湖山到武林（杭州），迢遙的距離是以「看」、「夢」這兩個動詞來填補的。那是一種虛想的填補。但詩也在虛想之中產生。

蘇東坡本來有幾個妾，在他被貶謫的四、五年內相繼辭去，只有一位名叫朝雲的，一路跟著他到了南方。那個時代「家庭」的概念，可能和我們是很不同的。一個妻妾子嗣眾多的家庭，面對遷徙，可不只是多買幾個行李箱的問題。廣漠天地，距離是一種迫近的現實。出發上路前，有人留下，有人離去，家庭重組為比較機動、適合遷徙的人口數。這個國家遂以它廣大的空間感消化著、改編著那許多被流放的文人。

六十二歲那年，蘇東坡被貶到海南島時，唯一留在他身邊的朝雲也已經過世了。對於這晚年的遷徙，他已經預想了此去無回的可能。在信中他對友人說：「今到海南，首當做棺，次便作墓。仍留手疏與諸子，死即葬於海外，生不契棺，死不扶柩，此亦東坡之家風也。」

那是一趟最終的旅程。所謂「最終」，指的不是他從此定居不再遷移，而是那一次、再次、三次的流放，遠、再遠、更遠，終於遠至了極南的海南島，已將蘇東坡推往了暮年極限之境。在那裡，他做好了死亡的準備。

雖然如此，蘇東坡竟然還是活著回到中原，回到了金山寺。這是一次舊地的重遊。早年在杭州任官時，他曾在金山寺寫下「江山如此不歸山」的句子，此後果真歸期杳杳。

讓我們再回到這篇文章開始的地方吧。多年的流放之後，在金山寺，他看見李公麟為他畫的一幅像。彷彿終於找出埋在時間裡的一則線索，出自故人之手，畫像與像中人長期以來乖隔兩地，終於見到時，也許會像是與舊日之我的一次面對面對質？

於是感慨繫之，遂以三個空間的地名，一個比一個遠地，疊唱含括了一生：「黃州、惠州、儋州」。

多少文人在帝國疆土廣漠的空間裡消磨著命運，但蘇東坡何嘗不是以自己的方式，把不如意的三次貶謫，化為重要的體悟，平生的功業。於是，流離遠放不再是空間消化了詩人，而是空間為他所消化。

見到畫像後兩個月，蘇東坡過世了。

二〇〇五年

鄭成功的土地測量師

一六六一年，四月三十日的上午，在當時被荷蘭東印度公司統治的熱蘭遮城城堡上，升起了旗幟。隔著台江內海，在今天的赤崁樓、當時的普羅岷西亞城方向，有人遠遠看見了旗幟，但還不明白旗幟要表達的訊息。

那面早晨天空下無聲的旗幟，是在急切地訴說著一個事件。它想要叫喚荷蘭守軍進入緊急備戰狀態，因為在熱蘭遮城西面，晨霧之中，鄭成功的船隊忽然現身在海平面上。

從這一天起，鄭成功開始對熱蘭遮城長達十個月的圍城。次年二月荷蘭長官揆一投降，結束了荷蘭東印度公司在台灣的統治。那面早晨的旗幟，在一個朗朗春日裡，訴說著一歷史的轉向已然發生。

在駐守普羅岷西亞的荷蘭人當中，有一位土地測量師梅氏（Philippus Daniël Meij van Meijensteen）。他在戰爭一開始曾遠遠地看見鄭成功，站在侍者為他撐舉的紅色絲綢華蓋下，近身侍衛一律紅衣，隱約有笛子和樂器吹奏的聲音。顯然鄭成功採用了一定的統治者儀仗與階級符號，而不只是一海商或海盜之子了。我懷疑他的父親，縱橫海上亦商亦盜的鄭芝龍，也曾有這樣的排場嗎？還是，這是他從明朝流亡政權，隆武帝、永曆帝身上學到的姿態呢？

梅氏在圍城期間所寫的日記，後來成為向東印度公司報告殖民地失守經過的文字實錄，保留在東印度公司檔案中。幾年前梅氏日記經江樹生先生譯成中文，並加註釋，我們因此得以看見延平郡王在神壇塑像之外的另一面形象。

梅氏在台灣住了十九年。推算起來，他初到台灣時應該只是二十出頭的小夥子。大航海的時代，海外已知與未知的財富，如磁鐵一般吸引、捲動許多歐洲人命運。東印度公司有計畫地訓練培養殖民地需要的人力，把他們送到海外去擔任測量員、碉堡建築師、教師，或士兵等等。上船之後他們的命運就像海洋般難測，有人從殖民地發財回國，也有人葬身異鄉。

殖民地統治瓦解的前夕，荒野的力量反撲，強韌地掙脫了殖民法則的規範與束縛。殖民者結集在一起時，有軍隊與統治技術的後援而顯得強大，但在公司的控制力消失後，又回復為軟弱的個人，於飢餓、恐懼、孤立中一個個耗損、仆折了。梅氏日記所記載的，正是這一殖民秩序瓦解的時刻，失去東印度公司後援的荷蘭人們的下場。

（鄭成功是否也體會震懾力的重要，因此早早就採取了統治的符號，以華蓋與紅衣侍衛鮮明地標示出權力來？）

不同於熱蘭遮城堅守了十個月，毫無準備的普羅岷西亞城在戰爭初期很快投降了。梅氏被派擔任荷方與鄭軍交涉的角色，我們因此在他的日記中看到更多近距離接觸鄭成功的紀錄。在梅氏的眼中，鄭成功似乎是個嚴厲易怒之人，不時發怒咆哮。鄭軍的軍令嚴苛，斬首的事每天都發生。

不久鄭成功就想到，該善用荷蘭土地測量師的專才。如果梅氏理解得沒錯，鄭成功似乎是在為領土訂下發展計畫，要在每塊領地的中央建一個城市，每個城市必須距離海邊約四小時路程，領地的邊界則要建鄉鎮。於是這些被俘虜的荷蘭土地測量師，便被派去為這些尚未存在的城市測量位置，立柱為記，並在每隔一小時路程的距離立一個路標。

以梅氏親身的經驗為例，他「從麻豆北邊一個半小時路程的小溪，是要去哆囉嘓的半路，中國人稱為 Hoem Cangbooij 的地方，開始測量第一個領地。經過了哆囉嘓、諸羅山、他里霧、貓兒干、虎尾壠，到達二林。據我的記憶，總共約走了二十四到二十五哩路。」沿路行進非常艱苦，飲食也差，一些測量師因而病死了。

這三百多年前的測量事業，後來怎麼了呢？那些曾被當作城市預定地，並插上了界樁的所在，現在都是什麼景象，可曾實現了鄭成功的預想，發展成了城市？在荷蘭人的測量之後，鄭成功可曾派遣軍隊去駐紮屯墾，點狀地架構起他的反清復明根據地？或者，是像台灣歷史上經常發生的那樣，無數沒有姓名流傳的移民，以其無計畫性的、自然的生命力，毫不知情地實現了一座城市的預想？

這些我們不清楚。想像一群荷蘭的土地測量師，為在普羅岷西亞城裡、華蓋之下的鄭成功，艱苦地丈量著田地與荒野。其中梅氏幸運存活下來，報告了圍城期間的史事。有一天鄭成功還向梅氏詢問荷蘭東印度公司在亞洲的事業，買賣胡椒的價格，甚至問東印度公司願不願意和他做生意？鄭成功似乎正如他自己所說，只想拿下土地，不對荷蘭人抱什麼敵意。如果荷蘭人說「請搞清楚，我們是敵人，不可能做生意」，他好像還會覺得很奇怪似的。或許那時他心裡已經有了攻打馬尼拉、掌握海上貿易，以對抗大清陸上帝國的盤算。

只是他還不知道他會猝然地早逝。生死是人世最不可丈量之事。

而我總會想起梅氏日記中的一段記述。一天早晨，鄭成功把梅氏叫到跟前。他的三個隨從，分別拿著短棍，每根短棍頂端有圓環，上頭貼著一枚錢幣大小的紅紙，是當作箭靶用的。鄭成功翻身上馬，馳騁而去，在奔馳中發了三箭，三箭都射穿那錢幣大小的紅紙。然後鄭成功問梅氏看清楚沒有，做不做得到？

在這場圍城之戰的一個早晨，鄭成功忽然向這倖存的荷蘭土地測量師進行了一次小小的炫技。那天，一個在東印度公司殖民事業中遠渡重洋、在台灣生活了十九年的荷蘭土地測量師，也許看見了鄭成功一回孩子氣的表情。

二〇〇五年

外雙溪故事

一九三二年，戰爭的預感無處不在，紫禁城裡，北平故宮博物院的館員們開始進行文物裝箱南運的準備工作。一件件文物被從庫房取出，包裹嚴實，最終分裝到一萬三千四百九十一個箱子裡，於戰火中輾轉由北而南，而西南，最後到了台灣，成為今天台北外雙溪故宮博物院的館藏。

這批文物太耀眼了，而它們的命運也太傳奇了，吸引了許多人的讚嘆與關注，有時也成為爭議的焦點。它們的存在就像是個巨大的重力場，許多人一生在它們的磁力籠罩之下，受牽動，被塑造，如果沒有這批東西，他們的生活會是完全不同的。

二〇〇二年到〇六年之間，我在台北故宮工作了三年半。那段期間接觸到、聽到許多人與物的故事，有時忽然想起，才彷彿又懂得了什麼。

不如就從一個最尋常的早晨說起吧。〇二年我到故宮未久，在行政大樓的北門遇見一位老人。

老人很瘦，駝背得厲害，拄著枴杖，緩慢地爬著樓梯。我對他說：「伯伯，你是不是走錯了？」因為展覽廳在另一棟樓，行政大樓是不對外開放的。老伯咧開嘴笑，開口說了些什麼，但那是一連串模糊無法辨認的音節，我聽不懂。

老人實際上是書畫處退休的工友牛性群，故宮裡年長的人叫他老牛，年輕的叫他牛伯伯。他住在山邊的宿舍，退休後還常到院裡，大家都認得他，也不攔他。後來我還見過他好幾次，在辦公樓裡一個人扶著牆慢慢地走。通往地下室的鐵門比較重，他拉不開，也不急，就站在門邊等下一個人路過，讓他進去。進去了也只是坐坐，或到工友休息室，躺進櫃子的底層打個盹。

牛性群四分之三以上的人生和故宮分不開。他是從大陸押運故宮文物到台灣的人員之一。關於他的故事，我也是聽說的。

傳聞之一說他是逃兵。押運文物的隊伍一路上需要人力扛箱子，牛性群便是在中途被招來搬重物的。他名叫老牛，據說年輕時也人如其名，相當有力。文物在外雙溪安頓之後，老牛留在院裡幫忙展畫，掛畫。書畫處有些人員展掛畫的基本動作是跟老牛學的。

關於老牛另有一個著名的傳說。故宮的前副院長李霖燦，在范寬的名畫《谿山行旅圖》右下角樹叢裡發現范寬的署名。據說首先看到范寬署名的人，實際上是老牛。老牛不識字，但他有可能把樹叢中的字指給李霖燦看。書畫處的陳階晉先生說他曾當面問過老牛傳聞真假，而老牛「一笑置之」。

聽說老牛的記性也是有名的，辦公室裡什麼東西放在哪兒，一清二楚；來過故宮提件參觀的中外學者，老牛也都記得。許多學者和這位幫他們展畫的工友產生了一種特殊的友誼，來訪時常會帶禮物給他。他們的人生本來並沒有太多共通點，但在看畫室的空間裡，那些卷軸冊頁連結了他們。

老牛退休後，身體還健康時，每天繼續到院裡義務幫忙，或在餐廳幫忙打菜，坐在樹蔭下抽菸，曬太陽。雖說他是隨文物到台灣碩果僅存的一位老人，但對新進的研究人員也是以先生、小姐稱呼的。後來動手術割除了胃，身體漸漸差了，故宮員工私下發動募捐幫他籌醫藥費，他堅辭不受。〇五年十二月他過世了。

現在我回想起第一次在行政大樓的樓梯上見到牛伯伯，問他是不是走錯路，那時他笑得非常可愛。會不會當時他心裡暗暗好笑，對故宮陌生的人是我，而不是他，他的一生都在那裡了。

像這樣一生與故宮連結在一起的人很多。我還聽說過另一位老人，同樣是庫房工友退休的張德恆，他常一早起床忘了已經退休，喊著要找庫房的鑰匙。這時鄰居就會趕來安慰說：「碧涼已經去拿了。」張碧涼是老人的女兒，也在故宮工作。

聽說，張伯伯也在〇七年去世了。

我還想起另一個尋常的清晨。在故宮行政大樓西側，遇見書畫處的研究員何傳馨。因為大樓內禁菸，何先生與其他吸菸的員工總在大樓的西門外抽菸。西門面向山坡，抽菸的同時正好也讓眼睛休息。

何先生微笑著說：「今天早上有個大發現。」

何先生是個溫文從容的人。那天早上他用平淡得像是談論天氣的口吻告訴我的，是他比對出了懷素《自敘帖》卷首的一方殘印。

台北故宮藏的懷素《自敘帖》，其完成年代，是摹本還是寫本，一直都是有爭議的。故宮曾與日本東京文化財研究所合作，進行非破壞性的檢測，與研究人員以傳統方式進行的研究成果相參照。何先生把卷首的殘印放大影印，貼在辦公桌前，天天看著。那個早晨，他翻閱遼寧省博物館出版的圖錄時，注意到歐陽詢《千字文》上有個印章，很像那個半邊的殘印。疊合比對下，果然是同一個印章，印文為「南昌縣印」。這是個早有著錄的印，辨認出這個殘印可以將台北故宮藏的《自敘帖》本年代上推到北宋。

何先生的發現，後來和科學檢測報告一起發表時，只是論文裡短短的幾句話。學術研究常是這樣的，學者付出心血，長期地追索一個問題，當他抵達結論時，也只是淡然處之。世上有太多的事同時在發生，更多的事同時被遺忘。

然而或許不是所有人都甘於遺忘。那年《自敘帖》的研討會上，有一位不屬於任何學術機構、獨立進行研究的年輕學者王裕民，到會場拉布條抗議。

王裕民是李敖的學生，曾任李敖的助理。二〇〇四年王裕民自費出版《假國寶與三流學者——懷素自敘帖研究續集》，用陳水扁的肚子當書封面。當時陳水扁剛在總統大選中受了撲朔迷離的槍擊，王裕民把陳水扁肚子上的槍傷，和《自敘帖》並列同比，指兩者是同等虛假可笑的東西。他的大動作吸引了媒體注意，使媒體也關注起《自敘帖》的真偽來。

〇四年底，《自敘帖》在故宮展出四天，同時展出的還有紅外線攝影和科學檢測報告。由於《自敘帖》年代久遠，為保護脆弱的紙質不受光線傷害，被列為限展文物，展出的機會極少，因此吸引許多學者與書法愛好者專程前去觀賞。

在光線調得極暗的展廳內，參觀者安靜排成一列，緊挨著玻璃，緩慢沿卷軸前進。有些人認出了彼此，點著頭交換「你也來了」的眼神。

這是中國書畫文物特殊的觀看經驗。不同於西方名畫長年掛在敞亮的展廳，中國書畫基於保護理由，光線要暗，展期要短，限展文物展出後，會有一定期間不能再展。這便使得觀看的經驗成為一種難逢的機緣，像是一朵開了就謝的花。

也許，正是這種難逢之感，增添了物的魔魅。

大鬧研討會場的王裕民也去了。不同意見的人，來到同一個展廳，在同樣的物件前，用各自的眼睛去看，去和卷軸上的一勾一劃產生關聯。這又是物的力量，它使人們在它面前暫時沉默。

何先生在展廳外遇見王裕民，交談了幾句，勸他不要那麼偏激行事。王裕民回答：「我和你是不一樣的人。」

那年年底，報上登出王裕民自殺的消息。他在高雄一家小旅館裡燒炭自殺。以 E-mail 傳遺言予家人，說如果變成植物人不要救他，死時三十歲。

那句「我和你是不一樣的人」，聽起來非常孤獨。

也許他的自殺和《自敘帖》並沒有什麼關聯，人可以為一點小事瞬間感覺生命美好，也可以被任何理由逼得無路可走。生命是有限的，其實物也同樣有限，只是它們在博物館展櫃燈的投射下，彷彿趨近於永恆。

記不清有多少次，我在早晨博物館剛開門時，走入訪客稀少的展廳。幽暗的展間裡，空調冷氣襲人。那些放在櫃子裡，被光束裝點著光輝的東西，究竟是什麼呢？是我們對永恆、或者對無限的一種追索嗎？我們能辨清自己對它們的著迷，是來自於何處嗎？

當我們死去，它們仍然存在。

二〇〇七年

三叩門

有時候，讀一本書，一篇文章，注意力全在飽滿的情節與敘事主軸上頭。有些支線與細節全然沒留意到。要到一段時間後，再重讀時才發現，有些事作者早已寫了在那裡。於是你與這本書之間，就有一種時間裡的關係，像是逐漸認識一個人的過程，從遠遠看見了，到走近看清他臉上細部的紋路，乃至經過十幾二十年的交情，在愛恨、競爭、怨懟、感激種種關係中累積了對這個人的一種具有景深的理解。

昨天，重讀章詒和《往事並不如煙》裡描寫康同璧母女的〈最後的貴族〉，就有這樣的感受。一些先前沒留意的細節浮出，令我為之思索再三。

康同璧是康有為的女兒，十九歲就有女扮男裝溜出北京城，沿絲路長途跋涉到印度尋父的故事。以這樣的出身與膽識，一生當然不乏傳奇。章詒和認識這對母女，已是五〇年代末尾，康同璧近八十歲時的事。康老與女兒羅儀鳳一同住在社會主義中國政治秩序下的北京城裡，她們身上保存著許多老時代的美德與規矩，俠義心腸與細膩品味，是那革命喧天的時代裡「最後的貴族」。

或許正是因為章詒和描寫的康同璧母女實在精采，她們在外在世界擠迫下的遭遇又太動人，文章中的許多細節我第一次讀時不及注意。其中之一，是關於一位林女士的段落。

康同璧喜愛卜卦，尤其相信一位林女士的卦。林女士沉默寡言，外表言談都像是個尋常的農婦，卻精於卜卦。對她的卦，羅儀鳳的評論是：「因為她的命最苦，心最善。這樣的人算出來的卦，最準。」章詒和沒從羅儀鳳口中聽說這位林女士為什麼命苦，有過什麼遭遇，何以落腳在康家宅院裡，因此我們作為讀者，也無由得知這位林女士的故事。有些事便是這樣在時間中永久地佚失了，我們讀到的只是康同璧一日連算三卦的事。

從文章的敘述中推算，那約是康同璧八十五歲，去世前一年內的事。一日康同璧感到身體不適，心情也不好，便找來林女士卜卦。清晨卜了，卦象不好。下午，老人又找林女士來再卜一卦，卦象卻比上午更糟。

到了下午，老人又催女兒羅儀鳳第三次再把林女士請來，再卜一卦。結果出來了，是個下下籤，更糟。章詒和對當時場景的回憶，充滿了張力：

「你說說，這是什麼籤？」老太太面帶怒容，一下子把臉拉得很長。

林女士不語，康同璧氣得兩手發顫。羅儀鳳急得朝林女士努嘴，使眼色，意思叫她趕快撤離。

康同璧繼續逼問：「我問你，這是什麼籤？」

林女士還是不說一字。

這是一日三次的命運叩門。這次閱讀引我特別注意的，是林女士在盛怒的康老前怎樣地不發一語。命苦心善的林女士，果真是命運最佳的預示者。第一次占卜，在康老「怎麼會這樣」的詢問下，她的回答是謙恭而小聲的「康老，就是這樣。」但到了第三次，更壞的卦象出現時，在這充滿張力的一幕中，她從頭到尾不發一詞，彷彿她已將自己交托出去，去充任命運宣示其存在的中性介質。不說安慰的話，不做多的解釋，如同她手中卜卦的卦具。確實只有這樣的人，才能斷中命運。

這一日三次的卜卦，一次比一次更糟的卦象，構成一累進的序列。當中一個累進的參數，幾乎就是康老自己。按理說，同一件事，在同一天，應當不會有太大的出入，怎麼就至於每隔幾個小時，一次比一次更不吉呢？其實，三次卜卦，問的雖是同一件事，立足點卻是不同的。第二次卜卦，康老心裡懸著第一次卜卦的結果。第三次卜卦，又更鬱鬱於前兩次的凶兆。不吉的預感，是因著人對這預感的在意而累加的，命運便這樣將人籠進它的罟網裡。

我想像，康老對卜卦與命運的這層關係，是懂得的。那一整天，在康同璧這位老人的內在，一再進行著自我的整理，以與命運的宣示對弈。想再一次看看，她是不是能以內蘊的控制力，抑制那累加上升中的噩運，而頑強地予以翻案。可其實，只要她還召來卜卦人，還在意卜卦的結果，就是仍陷在局中。最後的暴怒，乃是康老發現自己終於未能跳出那個局。

在這一章的末尾有另一個細節。章詒和提到「還在很早以前，上海永安公司老闆的女兒郭婉瑩和羅儀鳳一起用烤箱烤麵包，康同璧就建議二人學著用鐵絲在火上烤製，並說：『要是有一天，你們沒有烤箱了，也要會用鐵絲烤出一樣脆的吐司來。這才是你們真正要學會的，而且現在就要學會。』」「上海永安公司」這個名稱，在幾頁之前就曾經出現過。

那是康同璧生前度過的最後一次生日。屋外文革風聲正緊，屋裡所有的女賓竟然都身著錦緞旗袍，足穿高跟鞋，化了妝，梳了髮型。她們為了來給老太太祝壽，偷偷把衣服藏在袋裡，到了康家門口才趁四下無人趕緊更衣的。如此甘冒風險，是對老太太的尊敬，也是他們心中畢竟存有「不管外面天翻地覆，規矩原該如此」的堅持篤定。

當中有一位極年輕美麗的吳小姐，正是「上海永安公司」老闆的外孫女。她回答康老對她母親的問候時說道：

「媽媽被趕到一間閣樓，閣樓窄得只能放下一張床。每月發給她十五元錢。領工資的那一天，媽媽必去『紅房子』（上海一家有名的西餐廳），拿出一塊錢，挑上一塊蛋糕吃。她說，現在上海資本家家裡最寶貴的東西，就是裝著食品的餅乾筒了。如果紅衛兵再來抄家，她說自己一定先把能吃的東西都塞進嘴裡，再去開門。」

這位吳小姐，「上海永安公司」老闆的外孫女，她的媽媽是不是就是年輕時曾和羅儀鳳一起烤麵包的郭婉瑩呢？這富家小姐竟就像康老曾經預示的，有一天終於到了沒有烤箱可用的境地。但即使生活窘迫，她仍然不改對西點蛋糕的喜愛，每個月還是堅持要吃一塊蛋糕。這兩處細節的聯繫，使這位在文章中被著墨不多的上海女性活了起來。她的女兒說她在挨批鬥時，一急就口出英語，結果更吃苦頭。不知她是不是曾想起久遠以前的一個下午，她與同樣年輕、同樣一口流利英語的好友，曾經一起用鐵絲烤麵包吃。那時，歲月沒有搖出向她們預告未來的籤，她們微笑互望一眼，一同享用烤得又香又脆的吐司。

二〇〇五年

顏色

大約是二十世紀初，安徽合肥有兩個女孩，是一對好朋友。其中一個是大戶人家的小小姐。另一個，則是小姐家裡供養的盲眼比丘尼。儘管身分不同，兩個小姑娘年紀相近，互相作伴，玩在一塊兒。盲眼比丘尼經常要她明眼的朋友描述各種事物給她聽。

看到了什麼呢？看到一艘船？船上有個人？那人是什麼樣子，正在做什麼？

除了這些，她也問顏色。樣樣東西的顏色。

可是這小比丘尼是生下來就瞎的，從沒看過一朵紅色的花或綠色的葉子，怎麼可能了解她朋友口中的顏色？小小姐提出了這個疑問。

比丘尼說：「我本來是沒有見過，不過我會把各種顏色都分得一點不錯。只要你一提到紅的，我再也不會想到紫的。我也時常會發急，譬如你說你的衣服是紫色的，我伸手來摸，假如你騙了我，我也摸不出。又像我的引磬，柄是黑紫檀，磬是黃銅的，誰要把它們各塗上另外的顏色，我也不會知道的。顏色雖同我沒有什麼大關係，可是我要知道，我希望多曉得兩種顏色比多誦兩卷經還熱切。」

在《合肥四姊妹》裡讀到這樣一段敘述，一個小比丘尼的願望。當她的朋友搜索詞彙，嘗試描述一種顏色的美麗時，小比丘尼究竟是如何想像那些色彩的呢？在與生俱來的黑暗裡，她的宇宙如何構成？她是否格外敏感於聲音的大小，空間的遠近，溫度的冷熱？她曉得，在這些之外，另有一種她所不懂的語言，即是顏色。不可觸摸、無法聽見的顏色，對盲人彷彿不存在，對明眼人卻真實不虛。

我覺得好像可以理解，小比丘尼為什麼拿誦佛經來比喻她對顏色的好奇。比如《妙法蓮華經．妙音菩薩品》，虛空中忽然生出了八萬四千朵寶蓮花。每一朵寶蓮花都以閻浮壇金為莖，白銀為葉，金剛石為蓮鬚，顏色鮮紅如同鸚鵡嘴的甄叔迦寶石為蓮台。我們這些明眼人，不是也同樣看不見，這另一層次的世界嗎？我們不也在字面上揣摩、猜測著，「閻浮壇金」、「甄叔迦寶石」各是什麼樣的顏色？就像盲眼的小比丘尼，想要知道穿在她朋友身上的青、某個特定日子天空裡的藍一樣。

也許，對這小比丘尼而言，她之想要理解顏色，是為了多接近一點宇宙深刻的奧義，那觸摸不到的真實，就如我讀佛經一般。

《合肥四姊妹》一書記述安徽合肥的名門世家，張家四姊妹的故事。她們出生在二十世紀早期，曾祖父在清代太平天國之亂時，是李鴻章麾下的一名大將。因平亂有功，受朝廷重用，後來官至直隸總督。張家就在那時，奠定了可供子孫數代花用的財富。

到了四姊妹的時代，清朝已經覆亡，「新中國」在鉅變動亂中掙扎著誕生。當時張家已經沒落了。但是家鄉的地產、田租，還是相當可觀。四姊妹成長於優渥的物質環境，分別由各自專屬的保母帶大，家庭教師啟蒙，而後上了女子中學和大學。她們愛崑曲，拜師學過身段唱功，也能上台票戲。她們的父親讓她們自由戀愛結婚，老大張元和嫁了崑曲演員顧傳玠，老二允和嫁語言學家周有光，老三兆和嫁作家沈從文，老四充和嫁給漢學家傅漢思。張元和與顧傳玠的婚姻，突破了階級的界線，在當時特別不尋常。

我的意思，並不是要從這四姊妹誰嫁了誰來評價她們，而是想看看當時女性的愛情與婚姻處境。那時女性的地位和角色已有了變化，但還不到社會價值全盤改變的時候。除四姊妹外，書中還有許多年輕女性的側影。有的和愛人私奔；有人未婚生子，把嬰兒遺棄在旅社；有人終身不婚，卻抱走別人的女兒；有人嫁作側室發了瘋；有人被丈夫拋棄而窮困潦倒；有人恐懼失節；有人猶豫著不知能否相信「愛情」這個新觀念。

一個新時代，新的不只是政治上的主義，連愛一個人的方法也是新的，廝守的方式也是新的（得一起流離，或是分頭面對革命的暴雨？）。這些女性們要為自己謀出一條路來。她們當中有多少人後悔過自己的選擇呢？恐怕，許多人是在境遷之後，才意識到自己做的到底是甚麼樣的抉擇，造就了怎樣一齣戲碼。

張元和在丈夫死後，有一次上台演《長生殿》的「埋玉」，也就是唐玄宗葬楊貴妃的一折戲，驚覺自己其實是在傷悼丈夫顧傳玠。張兆和，則在沈從文死後，整理信件與遺稿，第一次感到理解了他生前的壓力。

時間，自然會為故事補筆，一點點地顯透出事物的顏色。

我想，那盲眼的小比丘尼是對的。顏色確實充滿魅力。顏色甚至是神祕的——物質凝縮，聚合，顯相為我們所眼見的這一切。只是，她看不見，所以好奇。

我們這些明眼人，也有我們的盲目。我們看著看著他人的故事，總要看到事後多少多少年，才明白前此種種的意義。而我們甚至還沒開始領會自己的故事呢。

雖然，終有一天我們會發現，那些一時的執著，遲不放手的愛恨，終究也就像是傍晚的天空裡，變幻無常的顏色。那麼就安靜坐下來，沖一杯茶，平淡地看著自己，像看台上鑼鼓正密的一齣好戲。

二〇〇五年

大河

近日讀著一九三〇年代，沈從文與張兆和的書信。

一九三四年，沈從文離開新婚妻子張兆和，回了湘西老家一趟。從北京到湘西路途遙遠，先走陸路到桃源，還要換走水路，搭上九天、十天的船，才能到達家鄉。九天之中，沈從文面對的風景有兩種。外在的風景主要是河，與沿河的河村人家。內在的風景則是想念著妻子張兆和。因著內外兩種風景的對話，他在船上寫下了大量的書信。

這時的沈從文才三十多歲，已經寫出他最好的作品，被認為是近代中國的小說天才。在這些書信裡，他極力想要描寫河上的一切，給他那從小在蘇州城裡、富裕人家長大的妻子知道。可是，任何對現實的描摹總是掛一漏萬的。他惋惜寫不出聲音，顏色，與光。比如船櫓一下下摩擦著船身的聲音（稱之為「櫓歌」）。河岸吊腳樓人家呼喊著「二老」啦、「小牛子」啦的招呼聲。羊叫以及母雞下蛋。還有或許是有人到廟裡還願的鼓聲。他惋惜著沒法讓新婚妻子讀到這些，如同親眼所見。

戀愛中的作家寫的信是好看的。因為他是那樣想把這世界最美好的一切說給另一個人聽。他從外在的現實裡，提煉出最精華的部分，用最好的文字寫出來。因為有了一個訴說對象的存在，沈從文的這一路西行，眼睛所看到的，都轉化成戀人的絮語。這就使得絮語有點接近宗教裡的供奉。只是，對象是一個凡人，因此他為她說的也是從凡俗的人世裡擷取而來，那些她會喜歡，或者他希望她能懂得的事物。

於是我們這些讀者，有些漁翁得利地，得以在七十多年後窺看沈從文為妻子召喚的世界。他寫木筏上的火光。寫河，河上的聲音。寫那拉縴的老人皺紋縱橫彷彿托爾斯泰般的一張臉。寫誰在岸上唱著一首歌，他極力想聽明白，卻怎麼也聽不清。

當沈從文寫下這些時，帶著種幸福的感傷。一方面接近了熟悉的家鄉，一方面遠離了愛戀的妻子。故鄉鮮美的顏色與印象，四面八方湧至。村子已經以相同的模樣存在了幾百年，似乎將來也不會變，似乎《邊城》裡的翠翠直到二十一世紀還會在那裡不移地等待。

可實際上變化是會發生的。即使村子不變，人也會變。不久，中國開始用一種不同的眼光來看文藝了。政治上的正確凌駕了一切之後，沈從文就很難再寫小說了。

年初，小帆去了山西。住在黃河邊上，黃土高原的窯洞裡。那對她這個在北京城裡長大的人，也是頭一回的經驗。每天高原上吹起細霧一般的黃沙，落到河裡，使黃河更黃了。動物與人都是強健的。一隻毛色黑得發亮的狗，沒事就游泳到河的對岸陝西去，晃晃又游回來。好像不把中國最大的河當回事。

跟小帆在ＭＳＮ上聊她的旅程，我真有點羨慕。日子被星期以及小時分割了太久，我開始想，明年一定得出去走走。並且別再去城市了。要去一個以不同方式計算時間的地方，去一個洗刷城市人的傲慢無知，不讓你以為自己有多重要的地方。

「我們平時不是讀歷史嗎？一本歷史書除了告訴我們些另一時代最笨的人互斫相殺以外有些什麼呢？但真的歷史卻是一條河。從那日夜長流千古不變的水裡石頭和砂子，腐了的草木，破爛的船板，使我觸著平時我們所疏忽了若干年代若干人類的哀樂！」

在船上的第六天，沈從文忽然給我們上了這麼堂歷史課。這個剛從城市歸來的遊子，或許忽然感到自己重新觸及了什麼不變的事物，不受時尚的變化，潮流的消長，不受任何你在城裡時以為重要的事物影響。原來這才是更具永恆性的，無聲的歷史。

我原來想說，能夠看著一條河，從一條河裡得到體會的人真是幸福。但寫到這裡，又想這念頭真是太想當然耳，太一廂情願了。千百年來，在河邊，人的生計就嵌進了「河的存在」這個事實裡。下行與上行的船，各自載著不同的貨物。拉縴的，盪槳的，河街上供行船人住宿的旅店……。河給了他們生計，也隨時暴漲吞沒河岸的吊腳樓。船在險灘上撞壞了，人落水了，也是每天每天的事。人們必須找到一種與河共處的方式，無論願不願意，都容受著大河與生死自然編派給他們的喜怒哀樂。

至於城裡人天天與之共存的，欲望與歆羨，焦慮與埋怨，莫不是也有其漲落節奏，莫不是有時也像大浪般打來？無須跋山涉水，眼前乃有一條大河。

二〇〇五年

收集東尼瀧谷

村上春樹的小說〈東尼瀧谷〉拍成了電影。從電影院回來後，我又把收錄了這個短篇小說的《萊辛頓的幽靈》從書架上拿下來。

其實我不記得讀過這個短篇。當朋友跟我說有〈東尼瀧谷〉的試映會，她不自覺用上一種「這是村上讀者基本常識」的口氣。而我在電話這頭露出「啊？」這種缺乏常識的表情。

前一次讀《萊辛頓的幽靈》，大約是七年前的事，書背都已經變黃了呢。翻了一下我開始記起裡面收的幾個短篇，像是〈萊辛頓的幽靈〉和〈冰男〉，唯獨對〈東尼瀧谷〉，還是沒有印象。

於是坐下來好好地讀了這個短篇。讀完最後一個句子以前，我想起一件事。應該是七年前我第一次讀這個故事時，不會想到的事。是關於「收集」。

東尼瀧谷是戰後出生的日本人。之所以有個很洋氣的英文名字，是因為他父親用美軍好友的名字為他命名。東尼瀧谷的父親瀧谷省三郎是演奏伸縮喇叭的爵士樂手，戰爭期間他待在上海的夜總會吹伸縮喇叭，這使得他的戰爭經驗和大多數人都不一樣，像一串演奏得很漂亮的音符，平滑地從艱難世事的表面滑過去似的。這樣的瀧谷省三郎，在戰爭末期才吃到了苦頭。他被關進監獄，那裡每天都有人未經審判就被帶到牢房外槍決。頭一次，省三郎近距離面對了死亡。

後來省三郎生還回到了日本。他在監獄裡看開了似的，樂觀地想，反正好吃的東西、人生該享受的，他都經驗過了啊，並沒什麼遺憾。抱著這樣死了也不遺憾的心態，結果反而活了下來，這人真是有一種平滑的天分啊。回日本後他結了婚，妻子在生下東尼瀧谷時難產死去了。

東尼瀧谷作為獨生子，在沒有媽媽、爸爸常不在家的狀況下，沉默而獨立地長大了。他的專長是繪畫，是那種精細描繪事物形象——畫一片葉子就把葉脈都畫出來，畫機械就把零件畫得比照相還清楚的畫法。雖然他的畫跟他的人一樣看上去沒甚麼個性，但因為高度精確，結果反而成了高收入的廣告插畫家。

這樣的東尼瀧谷，永遠不會多要什麼，卻也不會缺少什麼。直到他愛上了一個很會穿衣服的女孩，也結了婚。妻子卻異樣地熱愛買衣服，到了著迷的地步。後來幾乎是為了「戒」買衣服而死於車禍。

我不打算在這裡重複小說的情節。我想談談小說中，東尼瀧谷面對的兩個死亡，以及兩個死亡所留下的兩筆遺產。

首先是妻子的死。妻子死後留下了一整個房間的衣服、鞋子、飾品，全是妻子生前從各種名牌服飾店一樣一樣挑選出來的。因為多到衣櫃放不下，只好另闢一個房間專門放衣服用。這本來就是東尼瀧谷不會了解的世界，他跟這些衣服的關係僅限於付信用卡帳單，還有看見妻子穿得很漂亮而已。妻子的死，使那些衣服不再有被穿著、被搭配的機會。一房間的衣物，變成沒有意義的存在。

衣服是妻子的典藏，這個典藏的檢索系統就在妻子的身上。因為妻子這個人的存在，使收藏成為有機的，可以發展生長的有生命事物。三件衣服不只是三件衣服，而是會衍生出相互搭配組合的關係，以及它們和掛在櫥窗裡的第四件衣服，「有了這件，還想要有那一件來配」或是「多了那件，就可以產生出另一種味道」的那種連結勾召的關係。從一件衣服開始擴散。款式、布料、顏色，幽微細緻的差異，其中的道理，組織的規則，只有衣櫃主人自己懂得。

妻子之死使衣服房間失去了解碼的鑰匙，化作一個不可理解的黑洞般的所在。這個黑洞不在宇宙深處，而在他自己家裡。因此東尼瀧谷才會想要找人代替妻子來穿那些衣服吧。

東尼瀧谷面對的另一個死亡，是父親省三郎之死。比起妻子之死，村上春樹對父親之死更加輕描淡寫。省三郎留下的是大量爵士樂黑膠唱片。自從把妻子的衣服清空之後，空下來的房間現在就用來裝黑膠唱片。唱片對東尼瀧谷而言，也跟衣服一樣難以認識，雖說那是他父親一輩子的可觀收藏，有許多絕版的珍貴唱盤，可是對不聽爵士樂的東尼而言一點意義也沒有。一年後，他請中古唱片行的人來估價，把唱片都處理掉了。

「唱片的山完全消失之後，東尼瀧谷這回真的變成孤伶伶孑然一身了。」

不是在妻子死後，也不是在父親死後。而是在把唱片賣給中古唱片行後，東尼才變成真正的孤單。就像妻子的死之於衣服一樣，父親的死對唱片也是一種意義的解消。這些東西，從被收藏者建構成一個整體，到恢復成零星的無機的物件，接下來，應該就是被打散賣出，一件件地散落到各地去吧。

有些文物收藏家希望在他們死後，東西還是可以被完整地當做一筆典藏，最好是被博物館收藏，而不要散落。我見過一位藏家為他所有的文物拍攝各個角度的照片，做成詳細的目錄。

但我也遇過這樣的藏家，他不建目錄，他收的東西只有自己最明白，每一件器物的身世，其意義的網絡，收攏在他的腦子裡。多年來他從台北的中華商場、香港的荷里活道等地方，憑藉眼力認出、買下的東西，逐漸形成一個可觀的收藏。「也許我死後這些東西就散了，那也是一種流通的方式。」他說。「東西有它自己的命運。」

他在聚的時候已經看到了散，擁有的時候已經放手。

二〇〇六年

春琴

關於美，我以為谷崎潤一郎的《春琴抄》是最好的教本。

這是一個發生在日本明治年間的故事。一位美貌的富家少女，九歲因眼疾雙目失明。她在彈奏三味線上展現了極高的音樂天賦。一方面才高氣傲，一方面父母與教琴的師傅都對她極為寵溺，或許也有失明後種種不便產生了心理上的不平衡，春琴竟長成了一個冷漠，任性，苛刻之人。即使如此，她的才華與美貌仍然受到眾人讚嘆，是人們口中傳奇而美麗的盲眼琴師。

美麗琴師的身邊有一位影子般的人物，就是從小服侍春琴，對她忠心耿耿的僕人兼學生佐助。佐助本來是春琴家裡雇來擔任春琴的眼睛，負責牽春琴走路，伺候她雜事。後來春琴又把佐助收做學生，教他彈三味線。對佐助而言春琴既是主人又是師傅，她的傲慢脾氣與頑固偏好，總是由佐助第一線地承受下來。

這對主僕／師徒，年長後又多了一層男女之間的關係。這層關係依然不對等，春琴仍是將佐助當小廝使喚，不承認他作丈夫或情人，佐助也仍然卑微地應對。這樣一直到春琴三十七歲那年，發生了她被毀容的事件為止。

大概春琴的傲慢性格使她暗中與人結怨。一個夜裡，不知什麼人潛入春琴的住所，將熱湯潑往她臉上，毀了她自幼引以為傲的容貌。從此以後春琴日日以頭紗覆臉，再也不公開露面了。美貌一夕之間轉為醜陋，對春琴而言是完全無法接受的，不但對外保密，也擔心身邊貼身服侍她的佐助日子一久難免會看見她的臉。

於是佐助就刺瞎了自己的眼睛。

佐助刺瞎眼睛的舉動，可以做兩種解讀。一是他為了讓師傅放心，不看師傅的臉而繼續服侍她。另一種解讀，其實佐助也是害怕的。春琴害怕被看見，佐助則害怕看見。從小仰慕春琴的佐助，將春琴當做「美」在人間的具體化身而侍奉著。主人／師傅無處無事不美，即使她那暴戾的脾氣，也毫無怨尤地承受下來。

現在他所愛慕效忠的「美」，就在眼前毀壞了。這對佐助的打擊，恐怕不亞於對春琴本人的傷害。

藉由刺瞎自己的雙眼，佐助阻斷了外在現實對內在認知的干擾，將他對師傅的印象永遠封存在尚未毀容前，最美麗的時候。谷崎潤一郎描述，佐助失去視力的時候，是他一生最快樂的時光。

「由於失去了外界的眼力，代替之下竟打開了內界的眼力。嗚呼，這才真正是師傅所住的世界啊，這下漸漸感覺到可以和師傅同住在一個世界了，在他已經衰敗的視力之下，已經無法分辨房間的模樣，也無法看清春琴的身影了，不過只有繃帶所包裹著的容顏所在還朦朧地映在昏白的網膜上，他感覺那並不是繃帶，而是兩個月前師傅圓滿微妙的白皙容顏，在混沌的明亮光圈中如同來迎佛般浮現著。」

這段動人的描述，我重複讀了好幾次。佐助失明的瞬間，在光影逐漸消融當中面對師傅漸漸模糊的臉孔，竟像是見到來迎接死者靈魂前往淨土的阿彌陀佛。

谷崎潤一郎將失明的經驗比擬為死亡。死亡不是結束，而是打開另一個世界的通道。修佛者藉由死亡進入死後的世界，往生阿彌陀佛淨土。佐助則藉由刺瞎雙眼，關閉了外界色彩形象的世界，進入內在，與師傅共同的空間。（如此說來，確實師傅的臉孔就如阿彌陀佛般來迎，將佐助接納進入她的世界。這也印證在事件發生後春琴對佐助態度的轉變，他們終於是同一世界裡平等的兩人了。）刺瞎眼睛看似一毀滅、破壞性的動作，卻在另一層面觸發了轉換的發生。若不是斷然放棄外在的視覺，不可能進入內在的純粹——一個「美」得以永久留存，不受時間或他人殘害而壞毀的世界。像是在外界現實的步步進逼圍劓中，忽然遁地而走，重獲自由。

谷崎潤一郎在小說的末尾，假托一位僧人之口，為佐助做出總結性的評語：「能於轉瞬間斷絕內外，使醜轉回為美，其禪機可嘉，庶幾達人所為。」後來，春琴與佐助這對盲人，繼續相依為命至春琴過世為止。經此事件，春琴深受感動，兩人之間終於有了愛情的可能。即使有旁人以為的種種不便，兩人卻彷彿生活在自己的世界中。這樣說來，佐助的刺瞎雙眼，確是一瞬間轉醜為美，化不幸為幸福的立斷之舉。

現世中的「美」會消失，會變質，令依附它而生的人因落空而苦。但這些外在的美麗是被高度謳歌的。各種美麗如煙花般騰空又殉落，起落之間也有著無數打開轉化之門的可能。化醜為美，化短暫為永遠。然而五色使人目盲，繁華世界人云亦云的美麗，阻礙著我們用另一種眼睛看待世界的方法。

佐助在斷絕視覺之後，才終於溝通了他先前卑微地仰慕著的春琴的美。春琴在失去她自傲的美貌之後，才經驗另一種幸福，音樂的境界也更上層樓。藉由一決斷的轉化之舉，美的喪失，竟啟動創造了另一種更高層次的美。這正是僧人口中的禪機吧。我讀到這裡，幾次將眼睛閉上，尋索有形世界經常令我們遺忘的，內在的視覺。

二〇〇五年

夏天的顏色

我是從小在城市裡長大的。父親出生在宜蘭的小鎮，到台北讀大學、工作，而後在城市裡定居下來。我則屬於完全沒有小鎮生活經驗的一代。說不定我和父親之間最根本的差異，就在這裡，在於父親擁有一個位在他方的故鄉，我則是整個地在城市的培養皿裡被養大的。這使得我對父親偶爾提及的，或在年節時候隨他回去的，那個所有人家沿著一條鐵軌分布的小鎮，只能有模糊的觀察與想像，而完全沒有真正生活其間的經驗。說起來，台灣社會正是在父親來到台北的那幾年裡，經歷了前所未有的都市化歷程，快速地將許多人從鄉間吸收到城市，從而改變了一整代人家族、家鄉、家庭的組構方式。

因此我想談談許正平的小說。

閱讀許正平的作品時，我常常想起那個父親有過，而我從來沒有經歷的小鎮世界。許正平的散文集《煙火旅館》中描寫的，是從離開者的角度書寫、與看見的小鎮。使那小鎮不只是空間上的，也是時間性的，它封存在過去、在回憶裡。但無論是在有形的空間，還是無形的時間之中，它都是阻絕，無法靠近的。書寫者只能從一個距離之外回望。

我想，正是這回望的距離，勾引出那許許多多的書寫。書寫源於差異。彌補著距離，又凸顯著距離。記憶。想念。失落。迷途。那距離原是無可彌補，回不去的，正因回不去所以必須一再被書寫。

後來，在他的短篇小說集《少女之夜》裡，同樣的小鎮，也構成許正平小說背景色的一部分。即使描寫的是城市，彷彿也總在文字裡看見角色身後那層筆觸淡淡的輪廓：夏天，被遺忘的老人們，遠處傳來的海潮聲，停止的時間。像經常存在我們腦中的那些下午，蟬聲與高度的日照使一切都過分清晰，卻在記憶裡泛白成一片光影，稀薄模糊不忍細辨。

那些真的是回憶嗎？還是一種回憶的模擬？逐漸地，像海綿一樣吸收了所有不可復返的事物，心底那些說不清楚的情緒……而終究成為一無可歸返之地，一切錯過事物的代名詞。

近年，媒體與商品市場如同返祖現象般，熱中於炒作五年級、六年級童年裡的無敵鐵金剛、小甜甜、王子麵、吉利果、棒棒冰……，與其說是回憶，其實更接近一種對回憶的著意擬仿。回憶與擬回憶是繞不出來的。它們的作用就在繞不出。通往童年／家鄉／小鎮的路徑已經阻斷，於是童年／家鄉／小鎮便得以免於當下時間的加速與腐化。在那無何有之鄉，我們把一部分的自我安全封存於其中，以期免於當下的混亂與失序。

這些回憶／擬回憶的核心，乃是一種剝離的經驗。離開小鎮，前往大城台北，那離開的經驗彷彿自此植入成為基因的一部分了。離去創造出一個「家鄉」，卻也同時使那「家鄉」變成回不去的所在。這一切寫入你的程式裡，你從此掛念一種不復存在的生活。

當許正平描寫這一切時，他格外抓住了那種小鎮上的人想去城市，城市的人想離開的流離之感。有時，出走帶有童話般的顏色，〈大路〉裡的男孩女孩像費里尼電影裡的角色般流浪到台北，〈夜間遷移〉裡男孩錯過了一班客運車後竟搭上馬戲團的便車，從此被嫁接到另一種人生去。從生活逃離與逸出，有種公路電影般浪漫自由的色彩，永遠「在路上」的狀態。

問題是，上路最大的威脅，在於最終發現自己原來無處可去，他方原來不如預期的美好，閃亮的「出口」標誌背後是被封死的逃生梯。

又或許，我們所失落錯過的不只是小鎮而已。這本小說集中，有幾篇作品碰觸到五年級由學運青年而上班族的變形過程。（雖然許正平自己是不折不扣的一個六年級。）〈嶄新的一天〉裡的久經失業的上班族，與〈少女之夜〉裡一夜情的中年男，都回憶著年輕時候在廣場上度過的青春。那彷彿也是一種在路上的冒險之旅，一趟壯遊。

在廣場上，所有人一起吶喊與行進。最熱烈的理想，最美好的愛情都發生在那時候。但終於，就像少年必須離開出生的母鎮一般，五年級世代從學運的集體經驗中剝離，千篇一律地成了上班族。

於是，〈嶄新的一天〉裡的上班族，這樣在捷運車廂裡認出了那些與他同世代的學運青年們：「失散已久的兄弟姐妹們不約而同和我搭上同一班捷運，進城。不只這一天，以後每天，我們也會繼續這樣在早晨一起搭捷運，上班去，在傍晚回到家，太太或先生與孩子們都回來了，週休二日，年假幾天，幸運的話，日子會一天一天過著……」

我覺得，許正平的文字很溫柔。有一種講述童話故事般的筆調。寫到失落時，只是悶悶的，「那種明明知道自己丟了東西卻又說不出是什麼的氣惱」。像是不忍心太怪責這個世界，也像世界加諸於他的氣惱或心慌，是喊都無法大聲喊出來，只能一個人面對的荒涼。這樣，當他描述這個世界時，始終看到的都是夏天的顏色。

但是，如果你是與他攜帶著相似的基因，與他在捷運上相見卻無法相認的兄弟姐妹們，你會認出在那夏天的顏色背後，密碼般地存在著另一套世界的圖像。

那淡淡的夏天顏色裡，隱藏著我們以懷舊或鄉愁，回憶或擬回憶，層層構築而成的，另一走不出的世界之迷宮。

二〇〇五年

預兆之城

幾乎每個人都沉默地坐下，在暫時屬於他的那個座位裡。好像走進這車廂的時候，就把聲音留在外面了。他們都是些穿著大衣與套裝的，上班族模樣的人。身上的顏色一逕是黑與灰與深藍。有些人開了座位上方的頂燈，繼續閱讀從辦公室帶出來的報告書。還有五分鐘發車。這裡是紐約。我在一班即將駛離市區的客運車上。

我其實是不到下午四點就累了。坐在大都會博物館面向中央公園的咖啡館裡，給我一個睡袋我可以當場模仿展館裡的木乃伊。如果是在台北，這樣的疲倦很容易解決。跳上捷運或者公車，最多二、三十分鐘，出了捷運站再走幾步路大不了轉趟公車，就可以到家躺平。可這裡是紐約，唯一可以躺平的那張床位在哈德遜河另一側的我姐家。即使搭上從紐約市開往紐澤西的客運，四十五分鐘後在最接近我姐家的一站下車，從下車處到家之間的距離也不是走路可以走得到的。出了城市捷運系統覆蓋的範圍，美國這個幅員廣大的國家在這種時候舉例說明空間距離是怎麼回事——是種沒了交通工具就無處收容的狀態。我必須按照計畫，搭六點從紐約市開往紐澤西的那班車，然後我的姐姐才能在下班的路上，到公車站接我回家。

這就形成了一種空間與時間之間的換算關係。空間膨脹了，時間也跟著固定下來，不能像在小地方那樣容易機動調整。我發現自己多出兩個小時在大都會博物館的咖啡店裡。這都是因為距離的關係。在沒有車的情況下，我不能想回家就回家。距離變成一件沒得商量的事，紐約不會讓你那麼按照自己的意思來去，像我們在台北時總以為自己可以的那樣。如果你逛累了你必須好好地，跟你的疲倦待上一陣。這不是個那麼好說話的城市，你不能隨時走進它的繁華又隨時轉身離開。

每天，許多通勤的人進入與離開紐約這城市的儀式，發生在時代廣場附近的 Port Authority 公車總站。那幾天我把自己混入他們當中，搭早上九點的班車進城，六點的車回家。Port Authority 是我見過最大的公車總站，數百個發車口，像機場登機門一樣編上號碼，用路標指引。把人從城市四周帶來，又帶走。像一個巨大的幫浦。每天我乘坐各運通過荷蘭隧道，覺得自己不過是一顆渺小的血球，上午與其他陌生的乘客一同被匯流到城裡，晚上又疏散回到城外冬季難以穿透的黑夜，各自散入一望無際的地景上那些錯落的屋子當中。

這使我想起一個看起來很平常的句子。保羅・奧斯特（Paul Auster）在《我曾以為父親是上帝》（*I Thought my Father was God*）的序言中說：「我們都有內在的生命。我們都覺得我們是世界的一部分，卻又像是由這個世界流放出去的。」晚上六點，客運從總站發車，帶著我和這一群我一無所悉的，穿著套裝戴著眼鏡拿著公事包的上班族模樣的人，開始了我們這一天背向這個城市的，流放的過程。我正是在這種情況之下，開始閱讀保羅・奧斯特的新小說——*Oracle Night*。（後來我停不下來地在機艙黯淡的燈光下把這本書讀完，以至於接下來幾天眼睛難受得不得了。）

我總覺得，保羅・奧斯特是個真正知道都市生活不易的作者，並且清晰地看見那不易，接近詩意的程度。你隨時可能失足，一腳踩了空，下一個浪頭又順著你腳下的虛浮把你往前推了。*Oracle Night* 的主角席德是個小說家——是出過幾本小說，有一群固定的讀者，評價過得去，雖然能以寫作維生，但絕對談不上暢銷的那種。他剛生完一場大病，因而負了一筆債——保羅・奧斯特的小說就從席德正逐漸復原，重新建立生活秩序，並試著開始寫作的時候寫起。

他走進一間神祕奇特的文具店。他的寫作一開始順利卻又突然地停滯住了。他的妻子似乎隱瞞著什麼。他不意闖進中國城一隱密的特種營業場所並受了誘惑。他的家被小偷闖入偷走了所有有紀念價值的東西。他開始猜測事情最難以消化的真相，關於妻子過去的愛情。每一件微不足道的小事，似乎暗示著背後有什麼更大的真相正被隱藏。那些看不見的、無法說出口的過去，才是影響當下最決定性的因素，在隱瞞與沉默中它的力量正像滾雪球般越滾越大。過去推擠著未來，直到一場災難迫在眉睫。

保羅・奧斯特讓席德在他的書裡寫著一本書中書。而在席德正寫作的書裡，又還有另一層的書中書。關於出走，關於背叛。關於想像與現實之間的關係。其實你早已知道自己的噩夢。直到你在無意識之中想像了它，才終於把它化為現實。

天已經黑了。我在第六大街上匆匆走著尋找地鐵站的入口。我已經晚了。恐怕今天搭不上六點的車。稍晚我必須用手機聯繫我的姐姐，以免她久等，以便我們的時間環節都還是可以接得上。週五的 Port Authority 車站比平日更為擁擠，售票窗前排著長長的隊。但人群之中少有交談。每個人都已經完整地被包覆在他們的離去裡了。

那時我忽然想起某個朋友，感到彷彿可以看懂，他那一步接著一步，不容踏空的生活方式，以及包藏在其中，一種偶發的軟弱。那時，我在離開紐約的車上，比後來更清晰明白地想起這些。有如另一個，遙遠世界的繁華。

二〇〇五年

遠洋航行

莫泊桑有一個短篇，叫做〈我的叔叔于勒〉。故事是這樣開始的：在法國的海港城市勒阿福爾有這麼一家人，經濟不寬裕，屬於有些沒落的中等階級，在省吃儉用捉襟見肘中勉強維持著基本的派頭。全家例行的儀式是在星期天早上，穿上最好的衣服到海邊散步。這散步不只是散步，而是有點展示的意味——是讓兩個待嫁的姐妹出來走走，給城裡人留點印象，好攀上一門親事。既然他們的景況勉強到不敢去赴別人家請客，免得還要花錢回請，那麼星期天的散步已經算是最節約的一種社交行為了。

這家人有個遙遠的希望，寄託在父親的弟弟，也就是叔叔于勒身上。于勒年輕的時候不學好，把自己名下的財產敗光之後，就像當時許多到新大陸找機會的年輕人一般，去了紐約。送走了一個敗家的弟弟，對於一個不闊綽的家庭而言，大概是很如釋重負的。不過于勒在紐約竟混得不錯，賺了錢。他寫信回來表示，希望能賠償當年浪蕩時給家人帶來的金錢損失。

這麼一來，于勒從全家人的禍害，一下子變成全家的希望。慳吝度日的父母親相信，只要于勒回來，他們的苦日子就到盡頭了。這個在紐約發跡的弟弟，真是全家最有辦法的人，一定能把家人從這種錙銖必較的日子裡拯救出來。他像一個聖誕老人那樣被期待著。

但是于勒在寄來一封信表示要出發去做一次長途旅行，發了財就回法國後，便音訊全無了。即便如此，這家人還是期待著于勒有一天會從剛入港的船上走下來，然後他們就可以搬家、買新衣服、上館子⋯⋯。

這期待有個很不堪的結局。家裡的二女兒終於嫁出去後，全家人計畫了一次去澤西島的旅遊。澤西島距法國不遠，但是是英國的領土，算是一種最經濟的出國旅遊。在船上，他們遇見一個賣牡蠣的老水手。父親驚慌地發現，那衣衫襤褸的水手長得就像他的弟弟于勒。

于勒在美洲，生意一度做得很成功，後來失敗了，落魄到身無分文的地步。他搭船到澤西島，在船上賣牡蠣維生。他沒有注意到，家人在不遠處看見了他，別過臉去匆匆走避。他已經從家人的希望，再度成了家人的禍害；從盼望他回來，到害怕被眼前這個落魄老人攀上親戚，糾纏不放——人內心如此巨大的變化，可以在很短的時間裡無聲地完成。

這則短篇故事，有著莫泊桑小說一貫出人意表的結局，俐落地揭露了人性的某些側面。莫泊桑寫這些故事的時代背景，是在十九世紀，歐洲人航行到世界各地去戰爭、去貿易。這是一個膨脹整合中的世界，放大了人類在世界中漂蕩流離的規模。一個遙遠的新世界，蘊藏著機會，也包含著凶險。在莫泊桑小說裡，我們看見的是一現代世界的形成。戰爭，航海，致富與窮困，階級的上升與下墜……，人們以個人、以小家庭為單位，受到這些變動力量的梳理，經歷著希望與失望。

在希望與失望的面前，人是同樣地手無寸鐵。故事中的一家人，一廂情願地將自己敞露給一個虛渺的希望。與其說是于勒讓他們失望了，倒不如說是他們自己為了相信而相信，然後在自己的希望之前驚慌地仆倒。從頭到尾，于勒是無辜的。

但這個週末，我之想起〈我的叔叔于勒〉，卻是為了別的理由。

「妳啊，」有一天師父對我說：「妳總是想把自己準備好。但很多時候，我們都是在還沒準備好的情況下就上路了的。那就是一個過程啊，妳會在過程裡學會怎麼做。沒有人是已經完成了訓練，然後才像就位登基一般站上他的位置的。」

那時我想起〈我的叔叔于勒〉。也許我心裡也住著一個于勒，那于勒正是我自己。我總是希望有一個我，比現在的我更明白世間的奧義，更清澈、更了悟，更禁得起風浪。我期望著那個我有一天能出現，像是期待一個來自遠方發跡的親人。那便是我的于勒。負擔了我過多期待、卻沒能達成，一直以來便像個窮親戚般地被我自己給摒棄了。

這個晚上我重新讀著莫泊桑的故事。在一切的世界裡，你最需要整合的就是自己內心的宇宙了，入夜之後我這樣想著。該向我心裡的于勒伸出手，好好地聽他說一說，這一趟遠洋的航程。

二〇〇五年

謊言與真相的練習

雅歌塔・克里斯多夫（Agota Kristof）《惡童日記》，一對雙胞胎兄弟在戰爭初期被送到邊境小鎮的外婆家。離開熟悉的城市，脫離了父母的庇護，外婆又是個吝嗇、殘忍、毫無人情味的人，這對雙胞胎開始訓練自己生存的技能。他們發明了各式各樣的練習：互相毆打，以便可以不感覺痛；互相辱罵，以便不被他人的侮辱所刺傷；想念母親的溫柔時，便向對方重複說著「我愛你」，直到愛的字眼喪失了意義，思念不再令他們流淚。兩人的互相為伴與特訓，持續擴大著忍受與承擔的容量，而與此同時戰爭的殘酷也步步升高，同樣測試著其他人類承擔苦痛容量的限度。

雙胞胎兄弟給自己發明的練習中，有一項是「忠實描寫事物」。戰爭中斷了學校的教學，外婆和其他的人人又不能教他們什麼，他們決定教育自己，給自己安排寫作課，互出作文題目。決定文章好壞的標準是：描寫的一切都必須是真實的。

這個標準看起來簡單，實際上比想像中困難。他們必須盡量避免使用情感性的修辭，必須注意他們個人的好惡並不等於事情的真貌。例如：他們不能寫「外婆像個巫婆」這種涉及主觀判斷的句子，只能說「大夥兒都叫她老巫婆」；對於特別照顧他們的傳令兵，不能寫「傳令兵很和善」，因為他們並不知道傳令兵是不是有凶惡的一面，只能寫「傳令兵給我們兩條毯子」。

他們進行簡約的陳述，篩除一切附著在句子上的情感與判斷，等於是消除對人性隱藏的預設或期待。像樹木在冬天來臨前將葉子落盡，以便可以用最不損耗能量的方式度過考驗。

《惡童日記》的最後，雙胞胎兄弟多年不見的父親來到他們居住的邊境小鎮，企圖偷渡出國。雙胞胎兄弟跟著父親，等他踩到地雷被炸死，一人踩著他的腳印與屍體完成偷渡，另一人留下來繼續生活。

雙胞胎在戰爭中受到的殘酷啟蒙只是故事的開端。雅歌塔．克里斯多夫接下來發表的《二人證據》、《第三謊言》，與《惡童日記》構成延續性的三部曲。《二人證據》從雙胞胎中留在故鄉的路卡斯開始說起。其時戰爭已經結束，但生活並沒變得容易，所有人都以遺族的姿態活著，愛上自己父親的女孩，恐懼被拋棄的孩子，丈夫被政治迫害而死的圖書館員……當然也包括與雙胞胎兄弟分離的路卡斯自己。他們與所愛所惦記的人離異，每個日子都像是一個傷口，在身邊的人身上尋找著替代性的短暫安慰。

但到了《第三謊言》，雅歌塔．克里斯多夫卻又完全推翻前二部曲的故事。雙胞胎四歲那一年，他們的父親因外遇打算從家中出走，造成母親槍殺父親，且誤傷雙胞胎之一的家庭悲劇。悲劇發生後一家人或死或傷，從此離散。雙胞胎分別在不同的地方被養大，成了不同的人，各自構築對對方的想像。因此，或許《惡童日記》中那段雙胞胎一同度過的童年時光，是其中一人獨自在外婆家中長大時想像出來的？想像一個雙胞胎兄弟和自己在一起，好使他獨自學習世界的殘酷規則時，不會感到那麼孤單。而《二人證據》中的路卡斯，也可能是雙胞胎兄弟中的某一人，為自己或兄弟想像的未被實現的人生？

《第三謊言》是否是最接近真相的故事，而我們在前二部曲中讀到的那些，只是虛構的創造？——為了降低現實的殘酷，為了迴避孤寂，而創造了種種，孤獨的衍生物。《惡童日記》的雙胞胎兄弟為自己設下「描寫的一切都必須是真實」的規則，身為讀者的我們最後卻分不清什麼是真實了。甚至，這道規則的本身也是虛構的。

當我讀雅歌塔・克里斯多夫的新作《文盲》時，始終揮之不去的是《惡童三部曲》這一有關真實的悖反命題。

在《文盲》中，雅歌塔・克里斯多夫一如既往地以簡約冷靜的筆調，描寫了成長過程的回憶，流亡的經驗。那麼，這是《惡童三部曲》作者真實的生活嘍？她是在從故鄉離散出走的流離感中，創造出那對雙胞胎——他們無論做什麼都在一起，最後卻必須如一個人分裂為兩個那樣地分離？關於她幼時的困苦，偷渡越過邊界到異鄉，學習新語言開始新生活，置身天堂般的瑞士卻揮不去沙漠的荒蕪感……正是從這些生活的殘片裡她寫出整整三冊的《惡童三部曲》來。

也就是說，這是《惡童三部曲》之外的另一部曲？如果《第三謊言》揭露了前兩部曲是雙胞胎兄弟在什麼樣現實基礎上虛構出來的，我們忍不住要把《文盲》看成是故事外的故事。《第三謊言》說出前兩部曲的謊言，《文盲》則告訴我們《惡童三部曲》的虛構從何而來。

現實與虛構，雙生，卻又相互包覆／剝落的關係。問題是，《惡童三部曲》之中，想像創造出來的故事，並不比現實來得甜美。一、二、三部曲，各有各的殘酷，但在殘酷的間隙，它也提供想像者以某種安慰——只是，想像的安慰力量就像是一塊太小的毯子，你拿它覆蓋胸口保暖，就把腳趾暴露給冰涼。

《第三謊言》裡，誤傷雙胞胎之一的母親因為自責，總是把那不在身邊的孩子想像成比較優秀、比較傑出的一個。那使我想起雅歌塔．克里斯多夫在《文盲》中說，許多流亡者在流亡的第二年自殺身亡，或是適應不了新環境而自願回國去坐牢。彷彿離開國境那一刻起他們便是分裂的了，想像自己失散在另一世界裡的命運，也像是一拆為二的雙胞胎。

有時，打開電視，看著越來越離奇荒誕的新聞，我會想，我們是否也如同雙胞胎兄弟那樣為自己進行著種種生存的練習、謊言的練習。直到我們都視真實如謊言，視謊言如真實……。是不是那樣我們才能夠適應，來自虛幻或現實的下一次撞擊？

閱讀雅歌塔．克里斯多夫的《文盲》讓我們想起，上一個世紀人類為自己創造的噩夢，以及在噩夢中反身尋獲的創作與生存之道。上個世紀，其實並不遠。

二〇〇五年

鬍子少女

二〇〇六年初，我在台北國際書展的晚會裡初遇朵卡萩（Olga Tokarczuk）。那時我剛讀完英文本《收集夢的剪貼簿》（*House of Day, House of Night*），我問她，小說裡提到的庫梅爾尼斯（Kummernis），真有這樣的聖徒故事嗎？

她回答，是真的，在歐洲真有這樣的傳說，也存在相關的文獻記載。

聽到這個答案，我同時有兩種感覺：一是驚奇，那個充滿象徵與想像的故事，竟不是出於小說家的虛構；另一方面，又感到好像早猜到該是如此——那故事確實不該是小說家有意的創造，而是一則有其獨立生命，在人類的世界裡流轉經年，一再被轉述、甚至一再被改造的敘述。

在朵卡萩的小說中，庫梅爾尼斯故事發生在中世紀的歐洲。庫梅爾尼斯的母親早逝，父親參與十字軍東征，長年在外，而她又不是父親所希望的，可以繼承封建領土的兒子，這就注定了她與父親的關係很淡薄，成長過程受著親人的漠視。但當她長成美麗的少女，前來求婚的貴族男子絡繹不絕，這又注定了她不能選擇自己的命運，會被父親用作政治聯姻的工具。

但庫梅爾尼斯拒絕父親的婚姻安排，堅持自己是上帝的新娘，將終身過守貞的宗教生活。父親大怒，將她囚禁。終於上帝顯了神蹟，將庫梅爾尼斯的臉孔變成跟耶穌基督一模一樣的、留著長髮與鬍子的臉，只有身體仍是女性的身體。

這樣一來，應該沒有人會娶她了吧。但那暴怒的父親卻像隻負隅頑抗的野獸拒絕承認失敗，下令將女兒釘死在十字架上。

於是這個耶穌臉孔、女性身體的聖徒，亦男亦女地，實踐了和耶穌一樣的殉難死法。

庫梅爾尼斯的故事有許多不同的版本，在各地也被叫成不同的名字（例如St. Wilgefortis、St. Uncumber）。一般最普遍的說法是，神蹟使庫梅爾尼斯長了鬍子，但倒沒特別說是耶穌的臉。朵卡萩說《收集夢的剪貼簿》在波蘭出版時，因為她寫明是耶穌臉孔出現在女人身體上，天主教保守人士曾經抗議，但朵卡萩舉出了文獻證明確曾流傳此種說法。後來，又有劇場工作者將小說中這段庫梅爾尼斯的故事特別抽出來，改編成舞台劇。

簡而言之，庫梅爾尼斯，是一個雌雄同體的聖徒故事。她的造像經常是一穿著女性衣袍的少女，臉上長了鬍子，被釘在十字架上。庫梅爾尼斯的崇拜在十五、十六世紀之間流傳甚廣，人們相信她會保護受家暴所苦的婦女、不想進入婚姻的女人，並讓人們在面對死亡時不被焦慮所擊倒。雖說庫梅爾尼斯崇拜始終不被天主教承認，但在中歐卻流傳甚廣——這是個由下而上的民間信仰。

有人說，庫梅爾尼斯崇拜的開端，不過是穿長袍、蓄長髮的耶穌基督造像被誤認為女性罷了。從這個小小的誤讀，遂萌發了一個不被正統教會承認的民間信仰。

無論起點是什麼，是真有其人也好，是一時的眼花錯認也罷，一個形象或故事，必然是命中了許多人心裡說不出的那些隱處，引發了認同，捲動了能量，才會廣泛流傳至今。

人在宗教中尋找著位置，故事即位置。庫梅爾尼斯的故事提供了家暴婦女、不想結婚的女性，甚至不同性別傾向、不能被隨手置放進男女二分法裡的人，這些原本在社會正統價值觀中無處容身的人們，一個附著的位置。

或許，從那些位置開始，人們也會開始改變社會，朝向下一個時代轉動。

我還住在台北南區的時候，合租一層公寓的室友元元，養了一隻名叫小兔的狗。有一回小兔發生誤食事件——說是誤食，其實貪食的成分比較大，牠吃了我放在桌上的一盒生巧克力。當晚就出現嘔吐症狀，第二天送獸醫診所急診。原來狗是不能吃巧克力的。

因為這樣的緣故，那個星期天我們幾個朋友一起吃飯時，話題圍繞著狗的貪食意外。養了一隻狐狸狗的橘子說：「我們家阿魯前幾天吃了一整盤的涼拌洋蔥鮪魚。」看見我一臉「咦？鮪魚也不行嗎」的表情，他補充說明：「洋蔥，也是狗絕對不能吃的東西。」幸好阿魯的症狀，很神奇地，竟不怎麼嚴重。我看牠可能已經被同化成人類了。

「可是，難道狗不知道牠自己什麼可以吃，什麼不能吃嗎？」這是我的問題。一桌子養狗經驗豐富的行家們，耐心對我這外行人解釋，野生的狗也會吃錯東西，但牠們自己會去找特定的草類來解毒。家狗已經喪失這種能力了，別說沒地方挖草，就算有，說不定還挖錯，毒上加毒，死得更快。

我還以為喪失自然與直覺的生活能力的，只有人類而已呢。原來狗在都市裡，跟人混久了，也會變得貪吃又遲鈍，真是近墨者黑。不過，狗類原初具有的那種尋找草藥解毒的能力，令我覺得很神奇。換句話說，自然界運作的方式並不是：讓你懂得按照標準食譜吃東西，好活得白白胖胖；而是：不排除吃下各種可吃不可吃食物的可能，但同時給你治癒的能力。

莫非天地育養萬物，即是依循這樣的法則？

從這裡，又聯想到庫梅爾尼斯故事的出現與流傳。也許，在十五、十六世紀，曾經有人從眾多的聖徒傳說中，拾取了這個雌雄同體的聖徒故事。像是找到一天然的藥柄，醫治在世間遭遇的傷害，並獲得嶄新的力量。

在被醉酒的丈夫拳腳相加、在被逼迫進入婚姻，在中世紀的女性種種感到現世無處可棲的時刻，她們取出這個聖徒故事，故事的敘述力量打開一個看不見的位置，給予她們以安頓。

於是，故事就這樣流傳下來了。

二〇〇六年

皇帝落難時

有一齣八點檔的港劇，叫做《難得糊塗》，演的是清代書畫家鄭板橋。跟我那些學藝術史的同事們說這齣戲特別好玩，首先他們聽說有一齣戲是以書畫家為主角，就已經下巴快掉下來了。除了一般古裝戲常有的橋段之外，編劇很努力要把一些藝術史的名詞帶入劇情，也讓他們覺得很好笑。比如說，康熙駕崩後，如意館的主事者換了人，就聽見這位剛上任的新官喳呼著：「去把養心殿的那幅《康熙南巡圖》給我拿過來。」這樣用對白點了幾幅畫名，表示資料沒白查。鄭板橋在歷經挫折，心灰意冷之後，本來已經要封筆了，他的朋友為了鼓勵他繼續作畫，送給他的禮物是「張擇端的筆」——而且鄭板橋還要面露驚訝大聲說：「《清明上河圖》作者用過的筆？」（但那支筆未免也太大支了點，不像是畫人物和界畫的。）類似這樣的橋段不一而足，因為實在太勉強，反而變成笑果。

這些挑剔姑且不論，畢竟這是部挺通俗的連續劇，也明白說了是純屬虛構。最近戲演到乾隆南巡，進了揚州，不免跟滿城不識皇帝真面目的黎民百姓、包括鄭板橋自己，產生接觸來往。看到這一段，忽然覺得有種熟悉的趣味。因為我們從小看的古裝連續劇，大凡有小王爺或是大皇帝出巡，都免不了類似的情節。基本橋段如下：皇帝到了南方繁華的市鎮，看什麼都覺得新鮮有趣。不過皇帝身邊的人就緊張了。皇帝走到哪裡他們都想淨空現場，還把所有皇帝想吃的東西都搶先試嚐一遍、看有沒有毒，搞得皇帝不勝其煩，乾脆甩脫侍衛，偷溜走人去逛大街。這時落了單的皇帝呢，就一定會出些不大不小的紕漏，還弄丟身分證明的玉璽，被一些不長眼的貪官污吏敲詐惡整。他還會很天真地把「大膽！我是當今皇上！」這句話說得比誰都大聲，然後就被當成瘋子或傻子。

這樣落難多日，侍衛找他找得快發瘋，才終於真相大白。皇帝拿回玉璽，升堂落座。先前欺負他的官員跟爪牙全慘了，跪在堂下簌簌發抖。至於一路上救助皇帝、甚至跟他交上朋友的人，就得到了賞賜和報償。世間的不公被消弭，潛伏的正義被伸張。身分浮現，是非底定，一切回歸帝國的秩序。

經過這麼多年，我很驚訝地發現，這種「皇帝落難」的橋段幾乎沒變，還是跟我小時候看的電視劇差不多，看來觀眾還是很愛看。這種劇情成了一種格套或範型，在不同的劇裡，添加不同的細節，由不同的演員演出。

為什麼皇帝落難戲這麼有市場，而且歷久不衰呢？這裡頭有幾個重要元素，首先，大家就愛看皇帝的一臉呆相。在喧鬧的江南大城街頭，從宮禁裡走出來的皇帝，有一種錯置的喜感。從權力秩序看，他是位在頂點的人。可是市井自有一種靈活機變的生活方式，匆忙而雜亂，甚至是粗魯的，皇帝這種養尊處優者自然不會熟悉——如果熟悉，他也不會是皇帝了。編劇能發揮、觀眾又愛看的，就在這種矛盾處。把一朝天子放進一個尋常的場景裡，揚州城成了大觀園，皇帝倒比劉姥姥更傻氣。從這個角度看，城市倒像是有著難以規範約束的野性。一進去，就迷了眼。貴氣的大人物，在繁華面前只是不諳世故的小學徒。

其次是身分的遮蔽，與遮蔽衍生的是非曲直。在正常狀況下，天子、官、百姓，各有各的階層位置，做官的總是架在天子與百姓之間。皇帝落難戲把這個階層關係打亂了。皇帝混進百姓當中，反倒跟百姓成了同一陣線，一塊兒面對官員的無理和貪瀆。這或許是升斗小民一種單純的埋怨，說不清，申不明，皇帝你自己來體會一次就是了。又或許是一種同理心的轉用——皇帝少了龍袍，也同樣要被惡官吏欺壓，這就顯得那惡官吏的「惡」更甚，百姓的善良更無辜。至於橋段的高潮，皇帝恢復身分，惡官伏誅，良民平反的瞬間，則是一理想的秩序被復原。它從來不會對秩序造成根本性的改變。皇帝還是回到宮裡，秩序還是原來的秩序，只是下次換上個好一點的官，也許。

皇帝落難橋段是一場短暫的愚人嘉年華，它的登場等於發出遊戲開始的口令，除了觀眾，所有的角色瞬間都糊塗了，弄錯了誰是真正的權力者，什麼是應當遵守的身分分際。於是皇帝會經驗到原來不該他經驗的人生，惡官會露出原本不會露出的馬腳。在這樣的倒錯混亂中，階級身分的框架鬆脫了。像是有人喊了暫停，人就從被階級秩序規範好了的流水作業線上被拿下來，得到另一個善惡被仔細鑑照、複檢的機會。也許這樣的橋段之所以一再出現，是因為觀眾們都還是喜歡看劇中的角色從身分中鬆脫開來，得到一點不分貧富貴賤的待遇。看皇帝出糗滑稽，看貪官伏法痛快。如此的滑稽與痛快不變，我們就還是會繼續看見，這個古老橋段的糊塗喜劇。

二〇〇六年

復仇

關於復仇的故事我們都看多了。武俠片老是有那麼多殺父之仇、殺師之仇、滅門之仇……。在螢幕的世界裡，仇人的存在就像愛人一樣理所當然。主角總是要花很多年的時間，受盡種種苦難，得到高人指點不傳之祕，練就一身功夫後，才能報得大仇。報仇的過程總是拉得很長，不到完結篇硬是不肯交代。至於報仇之後的人生，通常就在完結篇之外了。

還有大仲馬的《基度山恩仇記》。我小時候讀的是把世界名著改寫成少年讀物的版本，有注音符號的那種。書裡那個充滿了冒險感，神祕懸疑的世界，確實很吸引小孩。不過現在回想，那果然是十九世紀資本主義經濟成形時代的小說啊，復仇與施恩的方法，是讓一個人破產、或是把一個人從破產邊緣救回來。關於一個變形中的世界，如何同時產出了新的權力結構，也即是新的報恩尋仇法則，是我多年後才懂得的事。

有這麼多復仇的故事在前，卻能把復仇兩個字翻出新意的，是韓國導演朴贊旭的《老男孩》。

《老男孩》是朴贊旭「復仇三部曲」中的第二部。（第三部也已經完成，由大長今李英愛主演，二〇〇五年威尼斯國際影展的最佳影片。）故事一開始就讓人聯想到《基度山恩仇記》。主角吳大秀在一個酒醉鬧事的夜裡被綁架、囚禁在某個大樓的房間裡，有人按時送三餐給他，卻不告訴他身在哪裡，為什麼被關，以及要關多久。房間裡唯一和他作伴的是電視。在極度的孤獨中，電視簡直成了他的時鐘，日記，老師，朋友，以及愛人。他從電視獲得時間感，知識，新聞，以及一點點陪伴的感覺。

也是從電視新聞中，他在被囚一年後看到妻子被殺害，女兒成了孤兒被送走。而失蹤中的他自己，被當成殺妻的嫌犯。

囚禁持續著。在不知道仇家是誰的情況下，他的囚禁長達十五年。十五年間他鍛鍊身體，挖掘地道，等待逃脫與復仇的機會。當他終於被放出房間，他開始尋找幕後主使者復仇。

這個乍看之下像是《基度山恩仇記》的故事，骨子裡更近似索福克里斯的《伊底帕斯王》。伊底帕斯王治下的城邦發生了瘟疫與災禍的異象，根據神諭，乃是由於城裡潛藏著染污的根源——也就是殺害了前任國王的兇手至今未被繩之以法。在伊底帕斯王的追究下，真相層層翻露出來，原來他就是先王當年的棄嬰，命中注定會殺父娶母的孩子。他長途跋涉遠離家鄉，以迴避命運，結果更加迎向早已預先寫定的結局。

如果說《伊底帕斯王》傳達了人在神諭與命運前的渺小，質疑了意志的可信度；那麼《老男孩》的懷疑更深入，直達我們凡人仇恨與歡愛的本質。在憤怒或快樂的片刻，我們所感知的究竟是什麼？是什麼讓我們恨，如同讓我們愛？

如此，就來到了「復仇」這件事不堪逼問的核心：究竟所復何仇？

伊底帕斯被外在的事件所戲弄，吳大秀則是在內在情感的層次上都被操控了。伊底帕斯被一樁接一樁看似偶然的事件引入了圈套，《老男孩》的吳大秀則是連喜怒感受都受了暗示的作用。當女孩美桃與吳大秀墜入情網，計畫並監視著這一切的仇家李右真，若有所失地自語著：「美桃真的愛上了吳大秀了嗎？這麼快嗎？」要到劇情的最後，明白了整個案件的始末，我們才回想起他這句突兀的疑問語。李右真為失去愛人而復仇，當愛情正如他縝密復仇計畫中的設想，被完美地操作出來，他既是朝復仇前進了一步，也是更向虛無裡墜落。

真相是個逐漸袒露的過程。當吳大秀指出他的仇家李右真，當年曾和自己的姐姐亂倫，李右真繼續打開謎底的紙團，證明給他看，要讓他與自己的女兒相戀亂倫，其實也不難。人心軟弱，像是還沒乾透凝固的水泥板，任何一隻路過的貓，都能輕易留下梅花狀的足印。想復仇的吳大秀，最終發現自己才是被復仇的人；他指出仇家的亂倫，卻發現自己也愛上了十五年不見的女兒；他要追問真相，最後卻倉皇地只求把真相洗去。

這彷彿也是一個，關於輪迴轉世的寓言。

只要遺忘，只要創造一個相遇的場景，只要有足夠的暗示與催眠，像是在靈魂內植入一發送密碼的晶片……。

關於在累世的經歷中，我們曾有過的、不斷被洗去與覆蓋的記憶。曾說「念眾生即父母」的人，該是怎樣悲憫地看著我們，以仇人為親人，以親人為陌路；看著我們遺忘了以為是永遠的事，卻掉落在眼前浮光掠影的片片刻刻裡，並且，一再犯著同樣的錯誤啊。

二〇〇五年

孩子氣的夏天

在我們還是學生的時候，一年從暑假開始，又以暑假結束。時間以一種季節的感受區劃開來：又濕又熱的天氣，令人眼花的陽光，蟬叫，午後的雷雨，冷氣或風扇運轉的聲音，皮膚上的黏膩感，腦子裡突然的昏昏欲睡……。總是，在這些印象當中，結束了前一年，並且等待著下一年的開始。

其中有些暑假特別長。小學升國中，國中升高中，高中升大學的暑假。那些暑假，在畢業典禮和聯考之後，就把你放生給汗津津的日子了。那段時間總是有種懸宕感。你被容許了一段久違了的自由時間，但另一方面你似乎也總是在等待。等待放榜，等待新學校開學，等待換上新制服並被發給一疊新的教科書，等待坐在你旁邊的同學換了一個人。等待你之後的人生，不知道它會以什麼方式在面前出現。幾乎總是在昏倦的熱氣中，耀眼而幾乎令人目盲的陽光裡，我們不知不覺就跨過了一條看不見的界線。

今年台灣國際動畫影展的參展影片中，有一部韓國動畫長片《我的美麗女孩》。那是關於童年裡的一個夏天，處在少年與成年交接的臨界線，跨過那條界線，一切就會變得不一樣了……那樣的短暫而不穩定的時間。

金南宇的父親在他小時候就過世了，他和母親、外婆生活在海濱的小鎮。夏天結束前，少年南宇從學校畢業，最好的朋友俊浩要到大城市首爾去升學。有位叔叔似乎有意追求南宇的母親，常到家裡來幫忙修修電器什麼的。少年南宇的生活，看似一切都是此前生活的延續，但又彷彿在不知不覺之中已然改變。必須離去的人，時間一到，便走了。事物流逝的預感，在夏天的暑氣中恍惚浮現。

「是不是所有美好的事物都不長久，會像父親那樣地離開……」

好友離去前最後的夏天，時間在暑熱裡令人昏昏欲睡，使你幾乎誤以為時間靜止了，其實它正以更快的速度將你帶向臨界的邊緣。少年南宇在商店裡找到一顆神奇的彈珠，以彈珠作為另一個世界的入口，斷斷續續進入一個奇異的、真假難辨的幻境，遇見天使般一身白衣的 Mari。然而 Mari 也像其他現實中的事物，不知是否會長久存在——或者應該說，是現實像是幻境中的 Mari 般難說。

這是許多少年成長小說或電影常見的主題。一個夏天。即將發生的改變。一些想像。與現實。

少年南宇無言地抗拒著那個追求母親的叔叔。可是當外婆病了，叔叔到家裡來幫忙，事態很明顯，他回不去父親還活著的時候了，他與母親、外婆的三口之家不能永遠拒絕改變地維持下去。少年或許感覺到了吧，他對母親再婚的抵抗其實幼稚而孩子氣，但還是控制不住地那樣做。

也許那只是對時間的抗議。

也許那只是對他無法掌握的，大人的世界的抗議。

看了動畫片後的週日下午，我坐在窗邊的藤椅上讀小說，天氣已經進入夏天的規格了。

我頭頂的窗架子上，用線繩吊著的兩株空氣鳳梨，懶洋洋地旋轉著。我可以望見斜對面的人家，他們的屋頂是好繁茂的一座園圃，甚至搭起蔓生植物的棚架。

再過去，隔壁巷子那施工中的建築，整個地包覆在鷹架所張起的灰白色塑膠布裡。這一帶社區基本上都是四層樓左右的舊公寓，新建築物突然高出周遭的房子，擋去了我原本窗景四分之一的天空。有風的時候，灰白的塑膠布在風裡發出獵獵的聲響。一灰白色的幾何立方體，在藍亮的天空下，還真像某種裝置藝術。但我想在今年結束以前，他們會拆去塑膠布，許多家庭遷入，陽台種起花草植物，曬衣服，無塵般的幾何線條讓位給生活瑣碎的樣貌。

這些讓我想起 Pierre Boudieu。

近代工業革命後的世界，追求的是確定性。寫成了科學公式的、一目了然的規則，向我們保證這個世界在我們不注意它的時候，仍然按照一定的法則運行。我們想要把事情確定下來，我們想要把不可知、不確定的事物轉化為確定。拿近代科學的火炬去照亮晦暗不明曖昧模糊的地帶。

只是，確定的位階並不真的就比不確定高。不確定是無法驅除的。往往在意圖驅除不確定的時候，我們忽略了許多同等重要的訊息。

我在想，我們大概都是在不知不覺之間，被訓練成為對不確定抱持猜疑的人吧。不知不覺我們度過了那些標誌著成長下一階段的暑假，變成自己既陌生又熟悉的一個人。

動畫電影的最後，俊浩的父親與追求南宇母親的叔叔同船出海捕魚，在海上遭遇了風暴，情況非常危急。那個風雨滔天的夜裡，俊浩與南宇同時見識到自己的生活，一直是處在多麼脆弱的表面。生命中不可控制的因素，忽然欺身到眼前。

從那裡轉身去面對，一個外在的世界，更大的世界，更多不確定的世界。成長就是這麼弔詭的事。明白世界遠超過我們雙手能控制的範圍，卻又同時在往後的日子裡，盡一切所能、一切訓練，想要使事情還能在自己掌控之中。

什麼時候我們度過了自己，最後一個孩子氣的夏天。

二〇〇五年

斷背山

張愛玲說現代人總是先看過大海的照片，然後才第一次看見真正的海。在我們初次看到海的時候，腦子裡早就有許多關於海的印象。到了我們這個年代，看過的又豈只是照片而已，電視裡的海，電影裡的海，歌手ＭＶ裡拍的極唯美波浪以慢動作來回拍擊岸邊的海，動畫特效模擬的海，這些海都看遍了才去看真正的海。於是在我們和海之間充滿了擬像的、文本的海，載浮著無數的意象及隱喻。真實的海反而必須反過來模仿那個虛擬的海，去符合我們心裡的期待。

整個冬天我都在等著電影《斷背山》的上演。我很喜歡安妮・普露（Annie

Proulx）的原著，因此想看看電影是不是一樣地好。

安妮．普露的短篇小說總是以美國西部為背景，在那個廣闊的天地裡，人活得既頑強又脆弱。〈斷背山〉裡的兩個男子在山上度過一個放羊的夏天。下山後各奔前程，娶妻生子，沒想過兩人在山上發生的事情有可能就叫「戀愛」。他們都太平凡，平凡到不像會跟天長地久的愛情扯上什麼關係。如果他們是生在今天，看過同性戀的小說或電影，認識其他的同志友人，大概就不會那麼不知所措吧？這真是兩個還不曾看過海的照片、甚至不曾聽過海的人，冷不防就掉進海裡、被捲入漩渦去。在斷背山上，開始了一段兩個人都不知道該如何定義的關係，以為下山就告結束。誰知道竟牽連甚遠，被一個夏天決定了此後的人生。

安妮．普露的語言簡約，她的小說裡看不見主角的內心獨白（他們都是單純的牛仔或勞工，不可能給自己做心理分析），只在那些簡短、粗魯的對話，肢體的動作裡，心緒的軌跡才浮出檯面。這些角色的世界也就像美國西部的風景，地平線上單調的平原與高山，倘有岩漿滾燙也是在地底。沒有語言可以形容的感情，就像不曾用照片表徵過的海，屬於不可知的世界。語言在那裡斷了線。你既不知道它的蔚藍，也不知道它的洶湧。

我們大部分人的愛情正相反，隨時都被過多描述愛情的方式包圍，小說裡的，流行歌裡的，偶像劇裡的，談話節目來賓訴說真實經驗的，週刊拍到外遇劈腿的⋯⋯各種各樣的愛情。我們拉扯過多的案例典範來覆蓋自己，遵循耶誕節要吃大餐，情人節要送花這些了無新意的規則。〈斷背山〉裡恩尼斯與傑克的愛情則是孤立無援，沒有人告訴他們怎麼做。

而安妮．普露以其如刀詩意所切出的西部，正好容納這個愛情的孤立無援。比起《斷背山》小說集（英文原書名 *Close Range*）裡其他的故事，這個因改編成電影而最為有名的短篇〈斷背山〉，已經是殘酷度最低的了。廣大草原上動物性的法則，使都市人自以為是的凶狠顯得很無聊。我記得幾年前，大約是西部片多少週年的紀念之類，美國的電視頻道製作了一系列電視電影，向西部片致敬。影片在西部片傳統的基礎上更進一步發揮，凸顯了如女人、老去的風雲人物等，非傳統典型的英雄角色，以懷舊的視角，將西部描繪成一種在工業時代到臨後，逐漸走向黃昏的生活方式，與受人遺忘的品德。其中一部由梅蘭妮．葛里芬飾演一個住在小鎮上的紅牌妓女，屢次拒絕向她求婚、要娶她在農場組織家庭的情人。一直到情人心灰意冷娶了別人，梅蘭妮．葛里芬才痛哭說出拒絕的理由是因為對農場心懷恐懼。她小時候生在農場，一場疫疾使農場成了荒原，無人前來救援。當空間大到一種地步，距離本身就是一種危險。她成了孤女，流落到鎮上，憑藉姿色與交際手腕成了名妓，小鎮稠密的人口、絡繹不絕的訪客，對她而言才是安全的。這是個芭樂愛情故事橋段，但它背後必然有過許多沒被浪漫化過的真實事件為骨幹。

空間在不覺間規範著人們的感情經驗方式。小說〈斷背山〉裡，恩尼斯與傑克都不是長得好看的人。安妮．普露把其中一個寫成暴牙，另一個是鷹勾鼻，兩人都出身窮苦且不太有前途可言。我相信在拍成電影時，會是由長得好看的好萊塢新生代男星來飾演他們吧。這是小說改編成電影的通則。換上了好看的演員，故事變得更催人落淚，愛情變得更不朽。但就是因為小說中的主角實在太平凡，他們的生活跟偉大愛情扯上關係的可能性似乎不大。因此當恩尼斯與傑克第一次發現自己無法不和對方見面時，恩尼斯忽然這樣說：「可惡。我常注意街上走路的人。這種事，其他人也會遇上嗎？碰上的話，他們怎麼辦？」他們真是毫無奧援啊。沒有他人的愛情可引用，沒有象徵隱喻作依靠。

現在，這篇小說被閱讀了，它改編的電影還在陸續得獎中，這個故事即將在愛情類型的光譜上增加一筆，成為未來人們談戀愛時的參照。只有恩尼斯與傑克還在書頁裡，沒辦法探出頭來參加觀眾的討論。他們沒有召喚愛情，愛情卻卒然臨之。死亡也是。這個故事我讀了三次。三次看著他們毫無參考、孤獨而無所適從地，面對著那個他們毫不知悉、也從未脫口說出是「愛」的東西。如此，遂成就了一偉大的愛情。

二〇〇六年

來喜回家

郭伯伯的狼犬來喜，在過年前回家了。

去年夏末的一個颱風天，來喜跑出院子大門，沒有回來。郭伯伯相信來喜不是故意離家的，他說狗用嗅覺認路，風雨天，氣味留不住，牠就找不到回家的路了。

是這樣的嗎？來喜在氣味流失的宇宙裡迷途了。來喜出門溜達的時候，在圍牆邊、電線杆底下排泄當作路標。隔壁的露西，河對岸的阿福，也都是這麼做的。牠們標示自己的領域，偵查別的狗來過的痕跡，用新鮮的一泡尿，取代對方昨晚撒下的那一泡。許多不斷被複寫重劃的疆界，在身邊，只是人類看不到。

當大雨一沖，疆界隨氣味散失。雨停之後，放晴，新的氣味產生。一地還活著的落葉，潮濕的金屬欄杆，河岸的沉積泥……，民工們騎著自行車，毫不在意地穿過味道的嘈雜語彙，市場口重又散發起生腥氣。

在雨後的新氣味裡來喜迷路了，牠歪著一高一低兩隻耳朵疑惑地觀望。環境明明是熟悉的，卻認不得，它像個故事被徹底改編，真人實事化作卡通英雄，加上電腦特效，變得既是又不是、相同又不同。或許世界一直在進行著這樣的改編，是同一個故事的第無數次講述。但它陳舊的命題，仍會使在每一次重組後，令我們嶄新地迷途。像一點氣味組合的改變，便讓來喜找不到回家的路。

來喜行蹤成謎半年之後，農曆年前，郭伯伯的朋友在市場附近看見來喜，被用一根繩子簡陋地拴在水泥樁上。郭伯伯趕去，一喊，牠便掙脫繩子奔來，跟著主人回家了。迷途後的來喜還是很有精神，毛色也健康，看來是遇到了好人家。當然也不排除是好好地養著，準備作成香肉的。郭伯伯一喊「來喜」，把某戶人家的年夜飯帶走了。

但郭伯伯很高興：來喜回來過年了，真是好頭彩，今年會有喜事的，他說。

大雪比喜事先來臨。上海下了五十年不遇的瑞雪，班機都延誤了。澳門機場的候機室裡人多，耳邊鬧哄哄的，有台灣、港澳、大陸的口音。廁所排著長隊，清潔工阿姨站在洗手台邊等著，隨時維護衛生。一位年輕小姐從隔間出來，阿姨接著進去打掃，一進隔間馬上用廣東話大聲喊：「沒有沖水！沒有沖水呀！」

她堅持不懈地喊著，直到當事人在眾目睽睽下，臭著臉走回隔間去沖了馬桶。

班機時間遲不公布，Delay 這個單詞在螢幕上成群地展示。入夜後，航班漸漸趕上，每一次「現在登機」的廣播都帶走一群人，候機室漸漸空了，樓上餐廳也關門了，澳門小小的機場開始顯出冷清。

我找了個面向停機坪的位置，拿行李當枕頭，用大衣裹著，在長椅上躺下。眼前是整面的落地玻璃牆，但黑夜吸收了顏色，反射著影像，看不見外頭，只看見過多的自己。

拉拉大衣領口，把這個自己裹得更嚴實些。

廣播唸出我的航班號碼，叫旅客去領餐券。餐券馬上被自助餐廳收走，換成很鹹的榨菜肉絲配米飯，和很濃的大排檔奶茶。我又回到原來的座位，拿出里爾克來讀，但漸漸冷得坐不住了，冷氣從眼前的大面玻璃牆，從看不到的黑夜那頭沁來，我不知道澳門也會這樣冷。轉移到明亮點的區域，抬頭發現正對著抽菸區，許多人，主要是男人，面無表情，自我隔離，站在玻璃屏幕後吞雲吐霧。

在同一個黑夜裡，等待各自的旅程。

為了暫時的陪伴，他們依賴了菸，我依賴了里爾克。

一幅拉斐爾的壁畫，在梵蒂岡，題材典出新約聖經〈使徒行傳〉。彼得被希律王監禁，用鐵鍊鎖在牢房裡，裡外都有衛兵看守。但天使降臨牢房，帶領彼得離開。

壁畫是拱形的，畫在門楣的上方，畫面分割為三部分。左邊畫士兵逮捕彼得，黑夜是主調，弦月與士兵手上的火把微弱地照亮小範圍的空間。中央的主畫面，天使出現了，光明照耀整間囚室，士兵像人偶弓身定止不動，為光明所痲痺。右邊，天使帶彼得走出囚室，守衛都昏睡了，天使與彼得出門散步般地離開，沒人看見，沒人攔阻他們。

〈使徒行傳〉對這個神蹟的描述很日常：天使出現，拍了拍彼得的肋旁，叫他把草鞋穿好，又叫他穿上外衣，然後就越獄了。

越獄前只有這麼兩個穿鞋、穿衣的小動作。好像走出自己的牢籠，就是站起來、走出去，那麼容易的事。又好像天使雖然來搭救，但他並不仙棒一指變出華麗的晚裝，也沒有南瓜馬車之類的交通工具，你仍然做了一個凡人出門該做的事，穿衣穿鞋，邁開兩條腿走路。

拉斐爾沒有畫穿鞋穿衣。他選擇畫光。左右兩邊的畫面，像是一個故事對稱地講述了兩次，而有不同的結局。彼得在暗夜被捕，於光明脫身。在光中有一個維度被打開，啟蒙，眼前展開一條路徑。

年後我到郭伯伯家。一進院子，來喜跑過來，就像從前一樣。牠身邊跟著一條小狗，是來喜離家期間被認養的流浪犬，名叫「紅燒」。

不知道狗的記憶有多長，來喜是不是還記得，牠在這家院子裡生過一窩小狗，小狗剛被送人的那陣子，牠每天嚎叫。我奇怪牠是受了什麼驅力而叫，分離的痛苦，在動物的身體裡，是怎樣被覺知的？時間對牠而言是什麼，牠能記得多久以前，我們能期待多遠之後？

元宵剛過，月還是圓的，我看見月光下來喜的毛色，幾個層次的黑。有的黑折射了月光遂顯得亮，是顏色的另一種維度。牠傻傻喘氣，歪著頭看我，這個院子又開始留住牠的氣味了。

車一轉上了北京西路。

路旁堆滿積雪。雪的白顏色在街燈下顯得很貞靜，同時也是髒污的。我看著窗外，在一些模糊的念頭裡對自己說，小心使用純粹。

現在，過去，與更遠的過去，一個夜晚與另一夜晚的回憶套在一起。不久前的夜裡我也經過這個路口，那是二〇〇七年的最後一天，午夜過後，已經算是二〇〇八了，我從城市西郊友人家出來，上了計程車。車下高架橋，就到了北京西路。都是人，剛完成新年倒數，現在全都站到路邊攔計程車。天氣很冷，而空車很少，眼看是不可能攔到車的。他們住在哪裡？這麼冷的夜沒有車要怎麼回家？節慶的熱情已經退卻，有些人的表情是後悔沒在家看電視了。

回到預感成真或落空之前，回到寒流令車窗外的人群為回家的方式擔憂以前，在生了爐火的室內，我們慶祝了二〇〇八年的來臨。慶祝只是個方便的說法，關於未來，還不知道時間會帶來什麼，將要慶祝或者遺憾。吃了台式甜不辣，白菜粉絲，煎小黃魚，炒蘑菇，中西混合的菜餚。主人不惜工本加了單一純麥威士忌煮出來的燉牛尾，是當晚的明星，極品中的極品。

節慶如同瑞雪一樣。雪變化了地面，節慶轉化了時間。在一年交接的時刻，人們以地球公轉的名義聚會。

以地球公轉的名義回憶過去認識的彼此，笑，討論食物，玩 Wii，看台北一〇一晚會轉播，倒數，擁抱，打電話叫來計程車，說再見。像隨拉斐爾前行般穿衣穿鞋，出門走進時間裡。

二〇〇八年初

我們的後代所理解的歷史

在《一座島嶼的可能性》裡，韋勒貝克（Michel Houellebecq）這樣寫過：「生命開始於五十歲，這不假：同樣不假的是，它結束於四十歲。」

今年韋勒貝克該滿五十歲了。十年前他出版《無愛繁殖》（原書名直譯為《基本粒子》）的時候，正是四十歲。十年之間，他已經是法國文壇一個不能忽略的名字：暢銷，尖銳，充滿爭議，四面樹敵。他的書高踞書店排行榜首位；曾在法國以挑起種族仇恨罪起訴，後來無罪釋放；他被伊斯蘭教徒視為仇敵，一度人們以為他會被下格殺令。有人視他為法國繼卡繆之後最具啟發性的作家，有人感到被他的書甩了一記耳光。更多人既被他冷靜尖酸的嘲弄給逗樂、同時也為那種疏離的人類處境覺得悲哀。

韋勒貝克惹起的爭議，一大部分跟性有關。在他小說裡出現過的跟性有關的場景，有群交派對，有性的觀光產業化（組旅行團去進行性消費），有交換性伴侶等等，還有一大堆沒完沒了的自慰。說起來好像很熱鬧，但讀他的描寫並不會讓人感到什麼性的狂歡。這些角色對高潮的追求是百無禁忌的，無所不用其極的，但同時存在的是巨大的無聊和不滿足。小說中總有中年男人一面為欲望少女青春肉體所苦，一面用挑揀的眼神看著和他們同年齡女人的老態——在這點上，韋勒貝克對鬆垮肥肉的觀察真是特別精到。

他藉書中人物的口發表了大量「政治不正確」言論，例如說女權主義者把周圍的男人都變成性無能和神經質，然後就甩了男友去跟拉丁肌肉白癡男上床；說當年參與六八運動的人過了四十歲就轉向靈修，其實對脈輪、水晶球、光動一點都不信，「他們強迫自己相信，有時候還真的相信了一兩個鐘頭，覺得天使存在或是內在的花朵綻放，然後課程結束他們還是又老又醜又孤單」；

說社會黨人「討厭羊，因為羊都是保守派，狼倒是左派——這還真奇怪，因為狼長得像德國牧羊犬，而德國牧羊犬都是極右派」。

在一次訪問中，韋勒貝克說，他不是故意激怒人，只不過當有人被他的寫法激怒時，他也沒打算改變自己罷了。有時一個作家能給讀者的就是直直說事，而我們便在閱讀他作品的過程裡感到有什麼被搖動了、改變了。韋勒貝克就是這麼個直白的作家，你讀完他大量毫無感情、像生態紀錄片旁白般的性愛場景描寫，很難不開始想，我們這個時代的愛與性，到底是怎麼回事？

在他那部帶有自傳色彩的小說《無愛繁殖》裡，韋勒貝克敘述了一九六〇年代起，性與家庭革命在西方社會投下的影響。可以說，這本小說是這個法國男人給自己作的一次成長回顧——為他之所以成了今日的他，從二十世紀歷史發展的大角度尋求一個解釋。

一九六〇年代有什麼？越戰和反越戰，巴黎五月風暴，嬉皮，和平，鮮花，性解放，烏茲塔克，烏托邦，大寫的愛……。近半個世紀過去了，直到今天它的形象仍然鮮明得如同一個品牌商標，透露自己聽六〇年代音樂等於朗讀了一篇自我介紹，就像帶著蘋果電腦去咖啡店上網一樣。其實當今的六〇年代粉絲團中，許多人是沒經歷過六〇年代的，一手經驗的缺乏並不妨礙人們對一個時代的嚮往，甚至還強化了那個嚮往。對許多人而言，六〇年代是一種精神。

然後冷不防我們就看到了韋勒貝克所揭示的世界。

《無愛繁殖》的主角，一對同母異父兄弟米榭與布呂諾，他們的父母正逢六、七〇年代盛世，有自己的嬉皮人生要過，養育孩子不是其中的選項。於是兩兄弟分別被交給上一代的老人家養，長成由標榜愛與和平的嬉皮世代所生下的，既缺乏被愛經驗、也沒有愛人能力的一代人：米榭成了宅男科學家，布呂諾是個性欲不滿的高中教師。六〇年代的烏托邦結束了，嬉皮老了，當年生的孩子長大了。和平沒有降臨，相反地，世界變成一個有性無愛的地方。

韋勒貝克的童年和米榭與布呂諾頗有雷同。出生未久，父母把襁褓中的他交給外祖母養，自己跑到非洲旅行去了。到了六歲大，韋勒貝克又被送去跟祖母住，再大點就進了寄宿學校。米榭與布呂諾的無愛人生，彷彿就是韋勒貝克作為嬉皮後代的第一手體驗報導。今年初，韋勒貝克高齡八十五歲的母親也對號入座，氣沖沖地出書澄清她不像《無愛繁殖》裡寫得那麼自私又縱欲。不幸的是大家才不關心她的自傳，只關心她是韋勒貝克的媽媽，而且，哇，還真的是個嬉皮呢！

韋勒貝克的兩部長篇小說《無愛繁殖》和後來的《一座島嶼的可能性》有個共通點：都有後代新種人類，在回顧發生於前個消失壞毀的文明裡的事。所謂「前代壞毀的文明」，不是別的，就是今天地球上的人類。

《無愛繁殖》的篇首，先由「後代」登場報幕，說明人類歷史有過幾次形而上的世界觀變革，而這些「後代」顯然是立足在未來、在下一次形而上革命之後發言的。到了《一部島嶼的可能性》裡的未來世界，則更進一步：那時人類已發展出無性生殖，用基因複製的方式把自己一代代傳下去。韋勒貝克讓一個叫做丹尼爾的第二十四代複製人，閱讀他的祖先第一代丹尼爾的自述。這個第一代丹尼爾活在我們的時代，是個極度不快樂的喜劇演員，他一生在愛情和欲望上遭遇的挫折，正好是人類為何捨棄男女關係、走向無性繁殖的一個見證和注腳。

有了這個未來、「後代」的視角，米榭、布呂諾、以及第一代丹尼爾的悲劇便被定位成一個衰敗文明末路的產物。他們的個人境遇變成歷史的一部分，推動人類在演化道路上的一次跳躍：為了跳出疏離、冷漠、性挫折、愛無能這盤死棋，人類會演化出一種全新的繁殖方式，就像魚會進化出四肢走上陸地，恐龍會生出翅膀一樣。韋勒貝克在《無愛繁殖》的篇首與篇尾，已經冷靜地創造出這麼一個新品種人類的視角，到了《一部島嶼的可能性》更加發揚光大。

於是，韋勒貝克的書寫便成了一則現在進行中的末世預言。這個末日可不是什麼九大行星排成一線，引力讓地球撞上太陽；也不是地獄之門開了，硫磺火焰噴出來，那麼戲劇性的場景。這個末日是日常的，是現在，發生在人們的關係、性、愛、認知裡——米榭、布呂諾、第一代丹尼爾的愛無能與性挫折，豈不是比九一一恐怖攻擊更具體、更無處不在、更接近一個文明的失效麼？

韋勒貝克的作品或許還稱不上大師之作，但有評論者稱他的作品具有高度啟發性，也是有理由的。他引人過去與未來，前代與後代，於是「當下」便有了另一種面貌：無限殘酷，卻不久恆。《無愛繁殖》與《一座島嶼的可能性》是應該要被連起來看的。（順序當然是先讀《無愛繁殖》，後讀《一座島嶼的可能性》。）前者從過去看現在，自六〇年代敘述起。後者則從未來回看今天，後之視今，亦猶今之視昔。有時，一部小說便是一個視角的轉換。

且試著進一步思考韋勒貝克拋出的後代觀點：我們能夠想像後代會怎樣看我們的時代嗎？

《伊甸園之門：六〇年代美國文化》的作者莫里斯．迪克斯坦回顧六〇年代美國校園時描述：「校園的氣氛裡充滿了衝突，但將會改變人文學科研究的內在革命卻尚未來臨。」指認一場內在革命的起點，評說一個時代的遺產，永遠是後來者的專利。曾經，六〇年代的年輕人以他們的方式反叛，解放，上路去流浪，實驗公社生活……，時移事往，當年激動了他們、驅使他們的力量，不再能被現今的人們感受到，語境消失，敘述隨之失落。二十一世紀仍然有很多六〇年代粉絲，但當年嬉皮們的感受是無法複製的。九〇年代末韋勒貝克的《無愛繁殖》成為暢銷書，彷彿給嬉皮時代定了新調——那是他從後性革命世代的視角所展開的敘述。

韋勒貝克的敘述當然不會是六〇年代遺老們心目中的歷史公論，從他嬉皮老母親的震怒便可見一斑。但一個運動的詮釋，與一部文學作品的詮釋有共通之處，如迪克斯坦說的：「所有人在揭露自己作品的文化根源方面都處於劣勢，這是只有我們後代才能做的事。」

不過我們也不必自以為掌握了前代的真貌。每個時代都有建構過去、解釋歷史的需要，這不假；但同樣的，每個時代的建構也離不開自身時代的命題。韋勒貝克的六〇年代敘述之所以在讀者心目中成立，不在於它反映了多少六〇年代，而更多地在於它同當代的關連：它對人類處境的諷刺，在當代發生了回應；甚或者，舉例來說，二十一世紀初思想上的保守轉向，強調家庭與回歸的底潮，暗合了韋勒貝克作品裡對六〇年代的批判。剖析我們身處的時代與文化，也將是我們的後代做的事，彼時他們也將從他們的視角展開敘述，就像丹尼爾的複製人後代回望、注釋丹尼爾的人生一樣。

因此，縱使韋勒貝克談過去、談未來，他寫的終究是當代。他的當代是個脆弱的時刻，角色在死亡與生殖競爭裡備受煎熬。他的當代也是個逼近臨界點的時刻，一次演化幾乎就在啟動邊緣。韋勒貝克的未來發生了超越我們時代的形而上飛躍，本應是不可想像的，但他想像了未來以凸顯現在的不穩定。眼前人們感受自我、他人，與愛的方式，如此真實，像電腦程式般寫定牢不可破，即將在下個時代全部重啟，版本升級。

也許我們的後代不會用這種方式解釋歷史，而那也正是後代獨有的權力。別忘了，在韋勒貝克的小說裡，後代人類從未來投來的眼光，已經開始把我們送進歷史。

二〇〇八年

綠色

山上的階梯生滿了苔蘚。濕氣附著在那綠色之上，變成顏色的一部分了。我腳底滑了，一下子坐倒在石階上，手掌按的地方傳來厚苔蘚濕潤柔軟的質感。那時我抬頭看這清晨的山區，它廣大的青色包容著我。從我手底下的苔蘚；我眼睛高度的一些灌木叢；再往上，仰角，攔著天空的，細碎的相思樹葉與圓厚的榕樹葉。

這許多種遠近深淺不同的青綠色質感，一座山既統一又分殊的種種面貌。這時是早晨八點，山的每一個分子都飽浸著露水。遠方的圓丘頂上有一道明顯的霧氣。再晚一點，陽光開始蒸乾露水時，那綠色就會失去現在看見的這種潤澤感。山會受了在它之外的、宇宙一顆恆星的左右，而調整起它映在我眼裡的顏色。

對於像我這樣住在城市中心地帶的人，平常大部分時間看見的是水泥與瓷磚的顏色，一下子置身層次豐富、奢侈的綠意中，眼睛好像還需要一點時間去適應，去看出那遠近厚薄乾濕的變化。我想閉上眼睛在那裡頭靜靜地坐一下。安靜也是在那顏色裡的。即使閉上眼還是感覺得到。

杜甫曾經在一首〈夢李白〉詩中，記他憶起李白的一個夢：「死別已吞聲，生別常惻惻。江南瘴癘地，逐客無消息。故人入我夢，明我常相憶。君今在羅網，何以有羽翼？恐非平生魂，路遠不可測。魂來楓林青，魂反關塞黑。落月滿屋梁，猶疑照顏色。水深波浪闊，無使蛟龍得。」

經歷中唐之後的那些戰亂與流離，城市的摧毀與破落，熟悉的路徑被荒煙與盜賊橫阻，即使是活著的故人，也同死去的一般遙遠。相見無期。生命猶如羅網，時間與空間各是構成羅網牢固不可掙脫的經緯線。對於思念中的遠別故人，好像只有在夢中突然的相遇，才算是短暫地掙脫了空間的羅網。李白出現在杜甫夢中的場景，是一種顏色的變化——「魂來楓林青，魂反關塞黑」，來的時候有一片青青楓林，走的時候只剩下暗黑的關塞。這有形的色差的變化，發生在杜甫夢境裡一個畫面的轉折。也像是一種短暫的，從有限人世的距離阻隔掙脫。一個現實中不可能的夢的實現，像一片林子那樣青翠的。瞬即消失。

村上春樹在《海邊的卡夫卡》中引用過的《雨月物語》那則故事，武士因為無法如期回到朋友身邊，於是自殺脫離肉體的負累，鬼魂趕赴約定的時間地點。這則故事當中，也帶有生時的有限與困蹇——活著就必須臣服於空間與時間的規則，有形的身體不可能霎時穿過遙遠的距離。因此以死亡，進入另一種存在狀態，打開另一條通道捷徑，通往意念所指的地方。杜甫寫這首詩的時候，或許也感受到同樣的、困頓與自由的反差吧。在死別與生離都無法控制的外在流轉中，只有在夢裡得到超越時空距離的相會。

也許媒介就只是一種顏色。像是杜甫在夢中看見李白時的那種青綠色的場景。像是我坐在清晨山邊的青綠裡，想到李白與杜甫，杜甫見到李白的那個夢。那被夢見了的青綠色似乎還在那裡，透過一首詩留下來。

那彷彿也是另一種通道的打開。在一首詩中記錄了的那個青綠色的夢，就此隨著文字留傳下來，然後在山邊的這個清晨被召喚醒來。一個一再被夢見的夢。

那天早上我們一群人徒步走進山裡。剛離開柏油道路走上石梯的那段路，遍築著破落雜亂的民居，位在主要道路上那些門面堂皇溫泉旅館的背面。原本應是磚瓦房，不知從什麼時候開始，揭去了瓦片而在紅磚之上覆蓋以綠漆的鐵皮。再往上走，就離開了民居的地帶。沿路可見溫泉的管線，每隔一段距離就有石塊可揭起，伸手進去就碰觸到溫熱的乳白色的泉水。我們沿路呼吸山裡清晨那潮濕而帶寒意的空氣，每走一段路伸手去向泉水借些溫度。然後我們當中忽然有人提議偏離那沿著管線的道路，踏上更高一些的坡度。忽然我們就置身一種非人類中心的視野裡了。四周密生著巨大的蕨類，三角狀的巨大葉面，與蜷曲的樹心，不曾為人類行走方便而被修剪過的。蕨類的茂密程度遠超過從底下往上望時所能想像，多層次地朝向各個方向歧出生長、互相補位著充盈坡面上的空間。我們唐突的闖入壓折了不少枝葉，不久便放棄了而沿著另一條坡路走下來。再一次回到鋪設著溫泉管線的小徑上時，回頭望向山坡，全然看不出我們走過的痕跡。我們短暫的介入壓折了枝葉，所影響的空間分布，不久又會由新葉所填補吧。

那也像是蕨類的夢。將我們吞吐，進入又退出它的綠色。在我們離去之後持續地酣眠。一座山不為人知的奧祕。

二〇〇五年

電子工廠的愛情恰恰

你身邊一定有那種一談戀愛就毀了的女生吧？

鄭文堂跟我聊到他新片《深海》裡的電子工廠。那是個非常冷調的場景。廠房是敞亮的、日光燈照出來的那種白。女工們穿著白色制服，戴著白色帽子，對著放大鏡檢查電子零組件。空間中只有機械運作的嗡嗡聲。女主角佩玉後來就在那裡工作。

「和你過去在社運時期拍過的工廠不同嗎？」我問他。

他說完全不同。社運時期拍的工廠，都是鞋或是衣服等傳統產業，因為產業要外移，工廠要關了，才會有抗爭，才進得去拍社運紀錄片。在傳統產業的工廠裡，工人不必穿制服；機器沒那麼大聲，且有一種節奏；總是會放廣播節目，有音樂，有交談，總之，有人的面貌在裡面。

電子工廠不同，「一條一條的生產線，全都穿著一樣的白衣服。」鄭文堂說。「不知道她們在想什麼。」

我覺得，關於我們這個時代愛情的種種，戀人盲目交換的話語：「永恆」啦、「一切」啦，都應該被放進那間冰冷白亮的廠房裡重新理解。在那個女工穿著制服，看不見個人臉孔的世界裡，什麼是「永恆」？

簡單地說，《深海》的故事是這樣：蘇慧倫飾演的佩玉，剛從女子監獄出來，到旗津投靠昔日的獄友——酒店媽媽桑安姐。安姐（陸奕靜）把佩玉收容在她的羽翼下保護，讓佩玉到店裡洗杯子。酒店常客（戴立忍）看上了佩玉，送她衣服，帶她出去，但他不知道佩玉是個對感情有莫名執著的女人，她竟在這些微薄的小惠之上就已經緊緊依賴住男人的感情，把歡場中的一句「我會再來找你」當了真。男人失約後，她開始電話緊迫盯人，失控地追問「我哪裡不好、做錯了什麼」。這麼一來，也不可能再讓佩玉待在店裡了。安姐又透過關係把她介紹到電子加工廠當女工。在那裡，工程師小豪（李威）追求她，她又陷入另一次輪迴。

在你身邊一定也有這樣的女孩。她一談戀愛就毀了。愛情對她是黑洞，一個無法抗拒的重力場，她所有一切都被吸進那個黑洞裡，愛情是人生唯一值得活的事。如果愛情出了差錯，那她的生活、工作，所有的環節也會跟著散架。但越是這樣她的愛情就越會出錯，一開始或許甜蜜，但不久她那種全部雞蛋放在一個籃子裡、只有兩人沒有個人，分開的時間只是用來等待下次在一起的活法，就會令男人想逃了。

我懷疑在佩玉的眼裡，世界從頭到尾都是一家電子工廠。嗡嗡響著無機的、機械化的聲音，流水線般送來一樁又一樁的事件或人物。這些都是與她無關，某種程度也是不可解的。除非有人愛上她，開始產生個人的感情，那麼她會緊抓住這唯一的、浮出水面的機會，好像她所有的人格只存在於愛情的浮島上。

戲裡頭的男人，其實他們某種程度來講也是很無辜。李威演的小豪，是個普通的、大學畢業三年、在工廠管作業線的工程師。他追求佩玉，根本不知道自己正一腳踩進怎樣的世界。他太嫩了，他說起愛情很輕鬆。要到最後他才會發現，什麼時候他竟打開了她內裡黑洞般的世界，而他根本處理不來。女人像深海，他認識這個女工的表面，淺到只是穿制服的一層表面，還不知道她底下有怎樣的暗礁和漩渦。他輕易給了承諾，而且給得太大——「永恆」、「一切」、「一定」，愛情慣性地使用了這樣虛擬的計量單位。但你知道對一個以愛情為唯一浮木的人，「永恆」、「一切」、「一定」是什麼意思嗎？

在這裡，工廠流水線彷彿又是一層隱喻。流水線是不會等你的。佩玉與小豪的感情開始出現問題後，她連最簡單的工作都做不了，愣愣看著流水線送來的面板堆積在一起。愛情一處卡住，所有的事都停頓了。她的世界以這樣一種單線的方式運作。這一分鐘搞砸，下一分鐘也像骨牌一樣倒下。她在這個世界上生存的基礎其實很邊緣而稀薄，沒有錢，沒有親人，有前科。她與她中產階級大學畢業的戀人根本不是對等的。就像他們對「永恆」、「一切」、「一定」的渴望，也不對等。

鄭文堂說，開拍之前他帶女主角蘇慧倫到女子監獄去，看受刑人們的生活，並與資深的女教官談話。蘇慧倫問教官，她看起來像不像會殺人的女人。「沒有什麼像不像的問題。」教官回答。「太多了。」

阿堂說在監獄的幾天，他確實看到太多年輕、因缺乏日曬而蒼白，且不可思議地清純的臉孔。她們看起來可能就像蘇慧倫，或者說就像妳和我。

《深海》給我的另一個震撼是，我想我內裡一定也存在著一個佩玉。如果你認出我和你之間有一些共同點，而願意我用一種集體的聲音發言的話，那麼我說：我們內裡都存在著一個佩玉。

我們經濟獨立，我們厭惡依賴，我們對關係有一種疏離冷峭的觀點，我們叛離母親們為家庭奉獻的價值……，其實都是為了讓自己不要成為佩玉。人並不只被自己心裡嚮往的典範所吸引，也是被自己害怕成為（或說淪入）的原型所定義。我們是在努力避免自己走上某些路的過程中，逐漸成了現在的樣子。

而之所以必須迴避遠離，乃是因為那原型確實存在我們心裡。像個影子般無聲存在的惘惘威脅。威脅不是來自他者，而是來自自我——那個有可能失足、無助、不顧一切、非理性、弱者的自我。我們已經預知一旦放任自己成為她的後果。所以為她構築了複雜的迷宮，讓她住在心室的底層就好，不要走出來。

但又也許我們心裡也都同樣住著一個安姐。比較世故，比較強悍，多疑地保護著自己內在軟弱的部分。《深海》裡的兩個女性角色，或許正是在這電子工廠流水線般的世界，我們內心存在的兩種原型。她們互為表裡，手牽手一路走下去。錯落的步伐，正像一曲女性的恰恰。

二〇〇六年

博覽會裡的長毛象

朋友說她去了愛知博覽會：「時間都花在排隊排隊排隊，累死人了。」一方面心想，難得的假期不該專程跑到日本去，盯著隊伍前面那個人的後腦勺苦等（等得實在太久，前面阿伯的頭好像比剛剛更禿了），不如還是先去比較冷門，沒人排隊的那些館看看吧。

可是，正要離開隊伍時又想：都已經來到愛知了，要是連長毛象、機器人秀都沒看到，回台灣怎麼向父老交代啊？（幾乎都可以想像有人會說：「你從愛知博覽會回來了？機器人樂隊棒嗎？超大萬花筒是不是很炫？」卻得回答：「我沒看耶！」那時應該覺得遜到不想認自己了吧。）

就這樣，一下子想隨俗在最熱門的大館前排隊，一下子又想轉身離開……，猶豫不決天人交戰間，一天就這樣過去了。

這次博覽會，在各種科技與創意的展示當中，被視為明星中的明星的，卻不是關於未來，而是來自過去，而且是一萬八千年前的過去。那是在一萬八千年前長埋於西伯利亞雪地裡的一頭長毛象。二〇〇二年，西伯利亞當地居民意外發現牠在冰層與永凍土中保存完好的象牙與象頭，消息傳開，不知道是誰竟然想到把它與二〇〇五年的世界博覽會連繫起來，就此把博覽會當作目標，積極開始進行挖掘。經過兩年時間，把象身整個挖掘出來，又克服搬運上的技術問題，長毛象終於來到愛知博覽會現場。

自從一八五一年英國倫敦舉行了第一次的萬國博覽會，博覽會一直都是人類對世界探索的最新成果展示。日本在一九七〇年舉辦的大阪萬國博覽會，也有一個明星中的明星，即是阿波羅太空船從月球上帶回來的一顆石頭。

月之石與長毛象，時隔三十多年的兩次萬國博覽會，不同的明星展品，相比之下似乎說明了些什麼。博覽會需要能立即引發觀者好奇的物件（object of curiosity），但什麼樣的物件最新奇，則受到當時時代氣氛，參觀者心態影響。

一九七〇年代是個太空探索的時代，守在電視機前等待阿波羅號從月球傳送回來的畫面，是一代人的記憶。太空人是少年們心目中最想成為的職業第一名。（還記得八〇年代第一位華裔太空人王贛駿來台灣演講的時候，風靡一時的情景嗎？）在這樣的時代背景前，「月之石」確實是那個時代的象徵，最具科技與未來感的好奇物件，當年萬國博覽會的魅力磁鐵。

時至二〇〇五年，太空熱已經退燒了。太空還是留給星際大戰系列電影，讓絕地武士拿螢光棒砍來砍去好了。這回，愛知博覽會的明星產地不是外太空，而是就在我們的地球上。一種來自古老洪荒的滅絕生物，取代了月之石的魅力。探索與冒險的新邊界，不再是向外去克服空間，征服未知的太空；而是上溯時間，找到還沒被人類人口占滿前的地球，與當時消失的物種。

這讓我想到浦澤直樹的漫畫，《二十世紀少年》。漫畫主角是一群成長於七〇年代，如今已經邁向中年的男子。七〇年代的少年們擁有的共同記憶包括搖滾樂、《小拳王》漫畫等等。（大概就像我們的五年級生，把科學小飛俠和無敵鐵金剛當成共同語言吧。）一九七〇年的大阪萬國博覽會也是其中之一。當年這群住在東京的少年，從電視和報紙上看到大阪博覽會的種種，雙眼發亮地相信那就是「未來」。

到了二十世紀末，「未來」到底有沒有實現呢？這些當年的兒時玩伴，因為一名老同學的喪禮重新聚集在一起，一個個都遠不是當年的模樣了。玩樂團的早就放棄了搖滾樂，回家繼承雜貨店；說要打擊邪惡的，也成了普通上班族。他們進入前中年期，回憶起兒時相信的種種，恍然有一個世紀早已流逝之感。

但不要忘了，這可是浦澤直樹的漫畫，一定有他擅長的懸疑、複雜的結構，不會只是懷舊而已。接下來，這群前中年的好友們發現童年並沒有離去，而是以一場噩夢的形式變成現實。

小時候他們曾在遊戲中想像外星人、機器人攻擊地球，而他們挺身而出拯救世界，如今這個幻想正在成真。有人偷了他們的遊戲，照著他們幻想的步驟毀滅世界，他們真的得從平凡的、前中年期的生活脫離出來，奪回遊戲的主導權，拯救地球了。

這部漫畫包含著善與惡，遊戲內與外等主題。就像小孩子在遊戲時，為了扮演英雄，必須先想像壞人做的壞事——而且是越壞、越毀滅越好；這本漫畫裡的反派，也是先一手導演了惡，再包裝自己成為善人。而原本已妥協於平凡人生的中年主角們，在這毀滅性的惡之前，重新找到生命的意義與熱情。善與惡，彷彿光與暗的雙生，DNA螺旋般互為正反面。每個人在其中尋找自己的角色。

大概進了博覽會的東西，還是得跟未來扯上關係。聽說科學家們不打算讓長毛象只屬於過去，而想複製長毛象，讓長毛象在地球上復活——也就是說，把牠帶進未來。我想到已經被安樂死的桃莉羊，牠在一九九七年出生後，就被發現生理早衰。我學生物的朋友解釋說，因為是拿老羊的細胞來複製的嘛，生出來的羊當然也是老的囉。我不知道學理上是不是這樣，不過桃莉羊好像不折不扣是個老靈魂老身體，後來只好安樂死希望牠回歸安樂。

如果長毛象複製計畫真的成功了，當這隻新長毛象誕生，距離牠最後一隻同類從地表上消失，少說都有幾千年了。極圈的冰原，也已經在全球暖化效應下縮小，冰層與永凍土都變得鬆軟了。牠將誕生在一個完全陌生的世界裡。

牠有沒有可能明白，這一切都是從一次博覽會開始的？當時，人們排著長長的隊，走進展覽館，去建構他們相信的未來。

有些走進博覽會的人們相信，未來就在一隻沉睡了上萬年的長毛象身上。因此，那隻長毛象，牠捲曲的象牙，巨大的骸骨，就像現在剛剛在基因工程實驗室裡誕生的牠一樣，承受著四面八方打來的鎂光燈，如同早已消失的古老冰原，折射著白燦燦的陽光。

二〇〇五年

「我擁護一種幸福」

克莉斯蒂娃（Julia Kristeva）曾在訪問中談及早年受到的精神分析訓練。克莉斯蒂娃原籍保加利亞，一九五六年獲獎學金到巴黎求學，自此長期定居法國。開始接受精神分析訓練時，她必須用法語表述兒童時期的記憶。於是她在分析中認識自己的過程，便與學習法語的歷程疊合在一起了。克莉斯蒂娃說，在法語中搜尋詞彙來描述童年時候種種稀鬆平常、或不可掌握之事，這樣的實驗之於她，產生了一種文學創作的神祕變化。

我試著進一步想像那個過程。童年屬於過往、屬於故鄉。但她得在移居的土地上，用新生活環境的語言來描述它。那就好像是從過往中召喚出回憶的點點滴滴，轉譯成現在。把堙遠模糊的「過去」，用「現在」的邏輯重新梳理、分析、歸類，成為可以被新語言使用的檔案櫃。克莉斯蒂娃的移民過程，或許是在用法語完成了這些童年回憶後，才真正告一段落。她用法語說明過了自己，保加利亞的童年從此能為在巴黎的她所用。

或許所有的回憶都是如此的。把過去仔細想過，它就不再是渾沌的了。克莉斯蒂娃的例子更為具體，因為她的過去與現在之間存在著語言的差異，因而讓我們注意到那個「轉譯」的過程。實際上我們也都有過將過去用語言文字表述（說給別人聽，在心裡自語，或是寫成文字），而理出頭緒，而獲得新意義的經驗。

閱讀與書寫占據我生活中相當大的比重。有些朋友會說：「把妳的書拿走，妳就不知道怎麼活了吧。」

這種說法，好像把書籍和生活當作兩個相反的東西。碰到這種質疑，正好引克莉斯蒂娃為奧援。人的記憶，在用語言文字敘述的過程中獲得了意義，而這意義建構的過程，往往在文學閱讀中得到補充。克莉斯蒂娃強調文學在精神分析治療中所能扮演的角色。已經有哲人文人先我們一步思索了存在的處境，描述了難以承受、無以名狀的人生狀態。精神分析提供給病患的是一修補的機會，為病患找到尚未存在的聯想，意義的連結，而文學作品有時也有類似的作用。

克莉斯蒂娃說：「我們皆是暫時地知道某事，永遠不可能弄清某事，但我們卻可以提出一個暫時的真實立場，未來它總是會有所變化的。」

未來的變化，指的是什麼？也許是下一本書，也許是下一個人生遭遇。未來是開放的，因此「現在」是暫時的，下一分鐘成了這一分鐘的補充。透過閱讀，或透過生活，更多時候是透過兩者，人生的意義被建構起來，這是一個永遠沒有終點的過程。

有一天，我做了一個由文字構成的夢。在我眼前全是文字，用毛筆寫的，還有寫錯圈起塗改的痕跡。我在夢裡想，這是黃庭堅體啊。不過是寫得比較差的黃庭堅。醒時我想，我大概太依賴文字作為經驗世界的方式了，竟然會做這種夢。

關於流離，克莉斯蒂娃一定知道得很清楚。然而她說：「我擁護一種幸福。它並非不知道世間有著一些困境、抑鬱，以及力有不逮之事，而在認清上述這些後，它能夠予以貫穿。」

藉由詮釋的力量，回憶的力量，為眼前的處境尋求昇華、轉化的契機。這契機，很多時候，是透過語言來達成的。我們受著語言的貫穿，藉由它們超越眼前的處境，雖說有時也受著它們的誤導與欺騙。但我依然喜歡克莉斯蒂娃的話——「我擁護一種幸福」。

二〇〇六年

天大的好事

一本書裡的角色，他的生命從什麼時候開始，又在什麼時候結束？是從作者創造的時候，還是以停留在讀者記憶中的時間來計算？

當天氣冷到讓人不想出門的時候，只好在自己家裡找事做。幸好我的房間雜亂的程度，總是能在必要時提供一些驚奇。比如說從床頭桌上的一疊書，翻出一本之前找不到的小說（怎麼在這裡！）或是某個朋友拿給我叫我一定要讀，而我隨手放著的，這時候人坐在家裡不想出門正好，半期待半猜疑地抽出來讀。這個連續多日濕冷的週末，天氣冷到我想冬眠，拿著一馬克杯熱茶焐手心，開始在手臂長度的圓周範圍內找書，就是這樣拿起了《天大好事》。

「希薇的一生充滿驚奇，不過她沒有太多機會經歷。如果沒有人從瀑布後面跑出來嚇你、救你、吻你，那魔藥或變裝有什麼用？日復一日，平靜無波。多年過去了。希薇衣服上的光澤逐漸黯淡；樹葉蒙上細細塵埃，讓樹林由綠轉灰。」

這是這本書的奇怪的、悖反的開頭——希薇的一生既充滿驚奇，又平靜無波……什麼意思？我想。然後在接下來的幾頁裡發現，希薇是一本童話故事中的女主角，她的一生確實充滿驚奇：她從父母安排好的婚姻中逃走（幸好逃走了，因為事後證明她的未婚夫是個壞人），躲開強盜的洗劫，有白色的雪鴞和巨大的透明魚在危急時機出場搭救她，最後遇見鑽石洞的看守人，看守人在希薇的親吻下變成了王子。

所以這確實是充滿驚奇的一生囉。只不過這寫定好的驚奇，卻沒有太多上演的機會。因為已經很久沒有讀者打開這本書了。除非被閱讀，否則角色的經歷等於沒有發生。希薇就是那個根據情節明明活得很精采，卻沒什麼機會體驗精采的角色。她可能已經存在很久了，被作者創造出來不知是什麼時候的事。書裡的故事永遠不變，只有紙頁會漸漸發黃。她永遠都是十二歲，永遠都會遭逢奇遇，最後認識洞穴中的王子。但是在這個不變的世界之外，還存在著另一個變化不停的，讀者的世界。希薇的故事還維持著第一次被讀到時的樣子，讀者的世界卻已進入一個小孩子不喜歡閱讀的時代。所以希薇的故事越來越少被閱讀；書頁被像天空一般打開，從上方探下外界的天光以及讀者的臉，這種情況已經很久沒有發生了；她的冒險越來越少被經歷，她過著充滿驚奇卻不能體驗的無聊人生。

但《天大好事》的作者湯立（Roderick Townley）似乎想告訴我們，角色所能擁有最大的驚奇，不在她那充滿冒險與戲劇性張力的故事裡，而在她怎樣影響了讀者，參與讀者在另一個世界裡的生活。在長久的沉寂過後，有一天希薇的書終於被翻開了。一個小女孩開始讀這個故事。當天晚上希薇注意到在她王國的邊界，多出了一片不曾存在的樹林。那是讀者小女孩的夢境的疆域，與書中的童話王國鄰接在一起了。希薇鼓起勇氣，走進了小女孩的夢裡。

從那裡開始，讀者與書中的世界，藉由夢境連接了。希薇成為女孩夢中的玩伴。也許因為她是一個寂寞的，被祖母的病重與死亡所驚嚇的孩子，所以她的夢會那樣鄰接著這本祖母送給她的書，以及書中的魔法世界？在祖母死後，希薇與她故事中的角色流亡了。他們居住的那本書被焚毀丟棄，沒有實體的書可以居住——他們絕版了。唯一可能的落腳地，是那個讀過他們故事的小女孩心裡。在那裡他們與小女孩夢境中的其他角色相遇。從一個夢消失。出現。進入另一個夢。

他們不再能只是演出書中的劇情，說寫好的台詞。他們在小女孩的夢裡被放入新的處境，說出新的話語。那既是作夢者的心識變化，也是角色自己生命的。

「一旦夢過某個角色，那角色就不會完全消失。因為心所創造的一切事物都是永久的。當然，如果某個角色很久沒被召喚入夢，他們就會不告而別，前往探索這個國度的其他地方。」所謂國度的其他地方，指的是小女孩克蕾兒潛意識更深邃更不被覺知的角落。他們終於都被遺忘了。克蕾兒逐漸長大，她的夢境出現的是新的焦慮或想望，新的角色走進她的夢裡。這一切對希薇這些來自童話的角色而言，漸漸顯得渾沌不清。到了她們該離開女孩的意識，遷徙到她心裡更荒遠的角落去的時候。角色們試圖在女孩潛意識的某個所在建立城堡，重新講述書裡的故事。但是不知是從哪個微末的枝節開始，一切都歪斜與變形了。

這既是一個甜美的故事，也是一個可怖的故事。關於心的力量。心的扭曲，累積，抹消，與療癒的力量。那既是神奇的，也是毀滅的力量。沒錯，角色們有自己的生命。他們進入一個人的記憶，留在那裡，與意識或潛意識對話。但是他們也受到轉化，漸漸地身不由己，偏離故事原始設定的樣貌。故事不可能永遠停留在童話的層次。角色們在心的磁極籠罩下逐漸變形。像承受著一種，我們無法覺知，卻早已身在其中的業力。

希薇與其他童話角色在出發遷往克蕾兒潛意識的時候，對她的朋友——克蕾兒祖母年幼時的形象說：「來找我。」也許所有被我們遺忘，遷往潛意識領域的角色，都曾經在我們心裡留下線索，發出等待被覺知的訊號——來找我。

但是有多少角色，能夠找到穿越潛意識疆界的密道，浮上意識的表面呢？在《天大好事》裡，希薇的故事有個美好的結局。克蕾兒年老將死之際，又開始作夢了，希薇再度被她憶起，這次她身兼角色與說故事人，努力提醒克蕾兒那原原本本的童話故事。藉著在這位多年前的讀者心裡，講述她兒時讀過的故事，藏匿在她意識底層的故事終於逐漸一個字句、一個標點地被記起。

並且傳遞出去。

並且重被創造出來。

二〇〇五年

國家圖書館出版品預行編目(CIP)資料

步行書 / 張惠菁著. -- 二版. -- 臺北市：遠流出版事業股份有限公司, 2025.03
面；　公分

ISBN 978-626-418-098-6(平裝)

863.55　　113020386

步行書（經典復刻版）

作　　者｜張惠菁

副總編輯｜陳瓊如
校　　對｜魏秋綢
行銷企畫｜林芳如
封面設計｜朱疋
內文排版｜宸遠彩藝工作室

發 行 人｜王榮文
出版發行｜遠流出版事業股份有限公司
地　　址｜104005台北市中山北路一段11號13樓
客服電話｜02-2571-0297
傳　　真｜02-2571-0197
郵　　撥｜0189456-1
著作權顧問｜蕭雄淋律師
二版一刷｜2025年03月01日
I S B N｜978-626-418-098-6
定　　價｜新台幣380元

YLib.com 遠流博識網 http://www.ylib.com
Email: ylib@ylib.com